孩子，你還會愛我嗎？

寄不出的40封信

劉北元——著

推薦序

有愛，永不失敗

按照美國人的統計，坐牢的人，他們的孩子，未來去坐牢的比率，有一般人的二十倍。臺灣的情形也許不同，但應是相去不遠。

本書作者為了彌補對家人的虧欠，希望鼓勵兒子長進，將來大有可為，才會在獄中花那麼多心思，寫那麼多「寄不出去的信」。

我認識作者是在台中看守所，那時案發不久，他自責甚深，心中難過，常睡不著覺。所以，有人邀我去為他禱告。我禱告，求神赦免他的過犯，除去他罪惡的重擔，賜給他一顆平靜、清潔的心，讓他的人生有新的開始。因《聖經》說：「若有人在基督裡，他就是新造的人，舊事已過，都變成新的了。」

那一次的禱告，據他稱，信仰帶給他力量，他就睡得好些，抗憂鬱症的藥，也慢慢不用了，好像變成另外一個人，安然自在。不久，他在獄中受洗，成為基督徒，性情、思想大有轉變。他在獄中認真讀《聖經》，團契寄給他的神學書籍，他也仔細學習。因此，靈性進步很快，期盼一生為主所用，回饋社會，補償對家人的虧欠以及被害人的損失。

移監到臺東的武陵戒治所外役隊後，我去探望他幾次，每次他都會提及母親、兒子等家人，盼望修復親子關係，重溫天倫之樂。

他出獄後，母親接納他，讓他住在一起，兒子也見了面，吃了飯，家人團圓了；但他心裡的掛念仍是兒子的成長及未來。因他知道，現在的年輕人，思想雖然精進，仍需長者給他們的一些智慧之言。

於是，這本書裡的叮嚀、感受及勸勉成了祕笈。它能給兒子帶來祝福，也能提供給現在一些不常思考，只愛玩3C產品的年輕人，做個參考，指點迷津。

很高興作者出獄後找到合適的工作，也善盡人子的孝道。盼這本書提醒每個為人子女的，多去體會父母的心腸肺腑。另一方面，也盼望為人父母的，多花點時間陪伴、溝通、了解、關心成長中的兒女。這樣，家就能營造出幸福和樂的氣氛。有了愛，家就永不失敗，下一代，也會輩出人才。

基督教更生團契臺灣分會總幹事　黃明鎮謹識

二〇一五年四月三日

推薦序

闊別

彷彿只在昨天　才和你說再見
怎麼這樣眨一眼　已經過了許多年
你的一切都改變　再也不像從前
那帶笑的嘴邊　皺紋已呈現

——民歌《闊別》

在民歌四十年的伊始，以前彈吉他，一起唱民歌的高中死黨石頭（北元高中時的綽號），經過獄中八年後，出來了。他從一個月入百萬的律師，變成一個重新出發的更生人。

北元對於今日監獄的生態尚心有餘悸，對剛發生的高雄大劫獄，他懂：

「我沒想到自己能夠活著出來。上這一堂課，好貴呵！」

「能用一句話形容你這一堂課學到的東西嗎？」聚會時我很好奇。

「搞懂人生的優先順序！」北元斬釘截鐵：「人生追逐的首位，絕對不是金錢或權力。」

「那是什麼？」我們其他三位死黨異口同聲。

「是陪伴生命中最重要的人。」往事前塵積壓在北元的喉頭，他的聲音降了幾個key：「我失去了婚姻，還錯過了兒子最寶貴的成長時光，現在他高三了。」

於是北元將對兒子說不出的愛，化為一封封寄不出去的信。這些信，藉由出版，也寄給北元摯愛的年輕人。

就像那天，他急著打電話給我：「兄弟，我們到地獄救人去！」

「救誰？」

「救正被這個世界慢慢往地獄推的年輕人。」

我知道北元在講甚麼了。才出來兩個月，聚會時，石頭不斷重複他在獄中的見聞：「四年前在監獄工廠，吸毒犯不到三分之一，但一年前已增加到二分之一強，現在臺灣的監獄都被煙毒犯塞爆了，難道你不知道現在毒品滲透到校園有多嚴重嗎？」

我知道，因為一位當「大哥」的親人在過年時也跟我聊過毒品：「我答應你絕對不碰毒，但我底下的小弟和小姐很少不碰毒的。現在的兄弟和以前不一樣了，有錢才是老大，而搞錢最快的方式就是賣毒品。要賣得多，就是找下線，下線哪裡找？當然是校園。兄弟會先吸收國中以上的學生，先讓他們吸上癮，等到零用錢不夠買毒了，只好『下海』賣毒給同學，很快一個學校就淪陷了。」

「很多年輕的愛滋病患者，幾乎都是走水路（指毒品靜脈注射）共用針頭傳染的。一碰毒品，幾乎就救不回來了。」另一個死黨，當警官的會傑曾半開玩笑說：「十個煙毒犯有九個會回籠，另一個是死在外面。」

出獄後，北元去找在獄中幫助他最多、更生團契的黃明鎮牧師，一起協助輔導年輕的更生人，發覺毒品、幫派、破碎家庭、教育制度……等沉疴，正帶著下一代迷路。「審判長期待我『出獄後為國家和社會多做點事，來彌補所犯的錯』。」北元覺得幫助這群誤入歧途的年輕人走回正軌，是他現在責無旁貸的天命。

其實這幾年當局不是沒看到這些問題，也不是不想做點事，教官室的「紫錐花」實施有年，各校驗尿、反毒慢跑、反霸凌熱舞，也從來沒停過，但吸毒和幫派人口數就是在這幾年直往上飆。一位國中的畢業生曾告訴我：「我們學校整個淪陷了，學生都知道誰在吸毒，誰在混幫派，只有老師不知道。吸毒的男同學上高中後，容易被幫派吸收，女生則容易走上特種營業，或被特種營業用毒品控制，一輩子翻不了身。」

學者但昭偉曾說過，品格教育會失敗，其中一個原因是「品格教育推動者大多不夠好，也不夠壞。」但曾經「壞過」的北元，懂得靈魂「變壞」的過程，他在書中用一個個故事現身說法，充滿了巨大的感染力。

所以，既然做了那麼多年的慢跑、海報、熱舞、球賽都遏止不了下一代失速墜落，我們真的需要北元這本書，來告訴徬徨的現代人（或驚嚇他們、制約他們），下地獄的代價，遠非他們可以承受。

面對毒品、幫派、到整個世代的道德沉淪，整個國家像正打敗仗的軍隊，我們除了沿用過去那些失敗的戰術外，有沒有可能讓北元這類的「浮士德書寫」，也成為教導思辯的武器。

我在前兩本書中，用「石頭」當北元的化名，因為我知道，曾經撞過地底的石頭，其實是強度最夠，最能引導年輕人的拳頭！有信仰的北元，現在那雙手，不僅化為可擊碎暗黑的拳頭，也是撩撥鋼弦的手。相隔三十年，北元又拿起吉他了。

我仍時常想起十七歲時，北元拿著吉他，一起唱《大海邊》和《木棉道》的單純快樂，那心靈的桃花源，好像又回來了。這本書中的每一封信，都像那年青春單純的聲音，像是那年在文藻語專的教室裡，和郜肇玫傳紙條的施碧梧，寫下《闊別》的最後兩句歌詞——「青春已消逝，成了過眼雲煙，曾許下的狂言，是否都已實現？」

會實現的，北元，如果我們能強大到敢奔向地獄去救人，青春就算是雲煙過眼，也容許我們用雙手實現狂言！

臺中市立惠文高中教師、作家　蔡淇華

終於返鄉了

從九十六年八月二十三日凌晨被收押到臺中看守所起，歷經將近八年的監禁，終於在一〇三年的歲末獲得國家的恩典，從臺東武陵外役監獲釋返鄉，所餘四年的刑期，國家讓我在得嘗自由的甘美中，自我反省、自我管理。

我珍惜著人生剩下的每一天，心存感恩。

由於外役監有放假的福利制度，早在一〇二年八月，我便有了首次的返鄉探親之旅。三天假期，扣除來回各一天的交通時間，實際上與家人相處不過一日。除了母親、兄長全家，我還見到了個頭已經比我高的兒子，我入獄時，他才小四呢。生疏中，帶著血濃於水的親情，我們擁抱、再擁抱。相較於我出事前的優異在校表現，聽說這孩子這些年的功課不挺好，我總是感到自責，如今他反倒來安慰我，自個兒攬起一切，說功課不好沒我的事，這就讓我的愧疚更深了。在未見到他之前，我不停地猜測，這八年來他到底承受些什麼，想著如果我是他，心裡頭會有多怨恨，但，他勇敢與體貼的話語，化解了我的憂慮，只是不曉得他心中會不會太壓抑？我好不捨。

一〇三年四月，我取得假釋申報資格，首度提出申請，結果也正如預期——該員仍有必要繼續教化，假釋所請宜暫緩。依照法務部的假釋作業規定，取得申報假釋資格的受刑人，在申請被駁回後，必須間隔四個月，才能再次提出申請，於是，從那時開始，我掉進了以四個月為一個周期的心情輪迴，從期待申請、提出申請、等候結果、晴天霹靂、到萬念俱灰後的重新出發，這其中的煎熬和磨難，真是一言難盡啊！尤其是送別人回家時，口中那句代替再見的「順風」，說的時候心就像初春的青梅，說有多酸澀，就有多酸澀。從一開始服刑，我就曾聽回鍋的過來人說：申報假釋期間是服刑過程最痛苦的一段日子。

當時我心想：能申報假釋是多麼幸福的事，怎麼會煎熬呢？如今輪到自己站上火線，才知當年老人所言不虛。更糟糕的是，在這段人生至要的關鍵期間，竟然什麼都不能做，除了等，還是等，人都等出病來了。

身體一旦出狀況，人便會陷入一種焦慮狀態，思東想西的，最後開始惦念起：萬一沒命回家鄉，還有什麼事沒去做的？我想起了那如我一般聰明的孩子。他已經長大了，即將展開人生的精華階段，許多生命的體驗，我這老爸得告訴他，以免他也如我一般，在人生的順境坦途中跌倒。然而，眼下回不回得去，都還是未定之數，如果這時有個萬一，來不及對他說，這該怎麼辦才好呢？寫信嘛，我又不知道他的地址，縱使寫了信，也寄不出去。

就這樣猶猶豫豫地拖延多時，最終我告訴自己：「再不寫一定會後悔。」下定決心後，便拿起正在使用的讀書筆記，在多餘的空白頁上，開始寫信給孩子，至於如何能交給他，就讓主耶穌來煩惱吧。就這樣，我開始撰寫書信，反芻自己慘痛度過的人生經歷，用文字真實地記錄下來，如此，縱使有一天我不在了，孩子碰見過不去的人生關卡，翻開筆記本，也許可以找到我留下的建議，宛如我依舊在他身旁一般。

二〇一三年十二月，也就是第三次申報假釋時，我很幸運地獲得國家的恩典，准許我帶著給孩子的書信返鄉。由於他正面臨著隔年二月大學學測的壓力，我除了電話連絡，並不敢打擾太多，一直到考完試之後的農曆年假期中，我與孩子才見上返鄉後的第一面。

那一天，我與他約定早上十點，由我開車去接他，然而九點鐘不到，我已按捺不住期待的分秒煎熬，早早出門到相約的地點等候，幾乎提早了五十分鐘到達。當天天氣晴朗，我的心情也如藍天一般柔亮。等，成了一種親情的撫慰，一種付出的開始。我坐在人行道旁的矮牆上，認真地看著來往經過的年輕人，希望孩子看見我的第一眼，我沒有錯過，正笑著向他揮手。結果，老爸永遠是笨的，我猜錯他可能出現的方向，他雖然早到十五分鐘，卻是快走到眼前，我才發現，他不知從何處突然冒了出來。

「拿掉了印象中的黑膠眼鏡，頭髮似乎有些修剪，鼻梁好挺，眼睛好深情，皮膚好白……」我在心中打量著眼前這個年輕的生命，看他有哪幾分像我，哪幾分像母親。說實在話，這麼多年過去，我錯失了他的成長，對他的輪廓並不熟悉，他出乎我意料之外的帥。在車上和他閒聊幾句，我不願說太多，畢竟我不熟悉他的內心世界，他對我也是如此的感覺吧。

到了大哥家，他一進門就和實際上不挺熟的奶奶擁抱，這孩子對親情的珍惜，讓我霎時有些想哭，他好像已經懂得選擇，選擇自己多承受一點什麼，多付出一點什麼，讓別人可以好過一些，安慰一些。不過，也許他真的還不適應有父親在身邊的感覺，在客廳聊沒幾分鐘，我們竟漸漸沉默下來，感覺到空氣中有些許漫漫的涼意。大哥或許是察覺到這分尷尬，主動開口約我和孩子打撲克牌大老二，這是我在入獄以前，全家最常玩的遊戲了。才坐好位置玩沒幾把，氣氛變熱絡了，尷尬也沒了，牌局帶領我和孩子回到過去，三個人的笑聲此起彼落，在樓梯間不停地迴響著。

是的，孩子的笑聲迴響著，從白天迴響到黃昏，又從黃昏迴響到夜晚，他說要回舅舅家的時間也跟著一延，再延。

終究，這只是一場聚會。

八年前，我弄垮了自己的家，大家都無家可歸，如今，孩子和他媽媽有自己的家；何況，相見不過是催促著離別的笙簫，哪有分親疏遠近唄，人世間再歡愉的相聚，早晚一定都會散場。趁著夜未太深，我又開著車，循白天的路程，送他回去舅舅家。由於小孩大學想念法律系，在回程的路途上，他開始跟我討論起申請學校的想法，還有未來法律前途的規劃。我們聊著，聊著，車到了舅舅家巷口，我們在車上繼續聊，繼續聊……繼續聊。

終究，這只是一場聚會。

他還是下了車，我趕緊拿出大哥準備好的禮盒，交到他手上，「你大伯要送給舅舅的，祝他新年快樂。」我們邊走邊說話。

「你到舅舅家坐一下，好不好？」孩子誠心地邀請我。

我心裡一時間沒有準備，愣了一下，停住腳步，拍拍他的肩膀說：「夜深了，改天吧！」其實我是心虛，害怕面對前妻的家人。

孩子沒有回應我，也沒等待我跟上，提著禮盒繼續往前走，我想叫住他，嘴巴卻好像被沁涼的寒氣凍僵了，怎麼就打不開，直到他快走遠了，我才好不容易勉強擠出一句話：「保重喔！收到成績單告訴我。」他還是沒有停下來，只是緩一緩腳步，頓了一下，讓我知道他聽見了，然後轉個彎，身形沒入黑暗的巷子裡。

孩子的笑聲迴響著，在我的耳畔迴盪。

在返回大哥家的車上，我不住地為孩子禱告，希望神能憐憫他這些年的痛苦與熬煉，將原本為我準備的恩典，都傾洩在孩子身上；將原本屬於我的福分，都讓孩子來領受。除此之外，我真不知道還能為他做些什麼？他大了，真的長大了。

終究，這只是一場人生的聚會。

我不知道，今生和孩子的緣分能走到什麼境界，但是，我這一生都不會忘記那天，孩子在夜色中離去的背影——瘦高、堅強、成熟、體貼……

知名作家蔡淇華老師，是我的高中死黨，八年來他與我的許多好友一樣，經常到監獄探望我，然而，他有一點與其他人不同，那就是淇華幾乎每週四都到我孩子就讀的高中，和他一起打籃球，為我看顧著他。所以，我撰寫給孩子的書信，淇華是第一個知道的人，他還鼓勵我說，這些信不但給自己的孩子看，更可以給許許多多的孩子看。因此，當我返鄉後，便將這些書信影印交給淇華，他看完後，毫不猶豫地將我推薦給時報出版公司的總編輯李采洪，促成了本書的出版。

給孩子的信，其實我寫了許多，大約從一〇三年五月開始，利用中午與晚上的休息時間，寫到同年九月初，幾乎是每日一封信，直到自己的右手因為頸椎椎間盤突出壓迫神經，無法再提筆寫字為止。本書所收錄的書信，是其中我認為最重要的一部分，也是所有孩子們在人生成長過程中，都會遭遇到的情況，我願意公開自己與孩子的私語，和這個社會的未來希望，一起分享生命的經驗。

我因犯下殺人罪，律師資格早已被剝奪，所幸專業仍在，目前在友人開立的保險公證公司任職，設法養活自己，不成為別人的負擔。不過，賺錢對我而言，已不是人生第一要務，我還有好多事該去做，除了陪伴我的家人，加入牧養我獄中八年的更生團契，成為監獄福音的志工，再回到監獄裡去搶救迷失的生命，我無可推諉，是主耶穌讓我入獄接受熬煉的目的，也是上帝賜給我的人生戰場、生命祝福，與未來勳章。

我要在此謝謝所有協助本書出版的朋友，以及時報出版公司所有參與出版工作的人員，更要感謝過去八年來照顧我無微不至的家人與朋友們，特別是母親、大哥，以及在高雄執業的摯友葉銘進律師，沒有他們，沒有今日的我。

感恩是我重生的開始，就帶著這樣簡單的行李，上路吧！

6/5

孩子：

去年五月《壹週刊》的記者阿姨來採訪爸爸時，曾問到：為何會情緒失控殺人？這個問題絕對是我在獄中檢討思想最深的課題，因此，爸爸可以毫不猶豫地回答她：是嫉妒。

嫉妒大致上可以分成二種（參考大陸作家余杰的說法）：一個是發生於同類之間爭競的嫉妒，是一個人比自己更好的自卑心態所造成的嫉妒；另一個則是根源於扭曲的愛，因為自己心愛的東西被他人占有，原來的愛因痛苦而扭曲變形，轉化成滿腔怨恨。我的狀況很明顯是後者，因失去愛人，自己的愛扭曲成怨恨，最終難以扼制憤恨而殺人。

嫉妒是一種人與人關係的體現；是人在情感上的表現。由於怨恨且察覺他人享有之利益，並欲將其占為己有，因而產生的一種情感與心理狀態。一般讓人感受到的是難受的滋味，嚴重的會產生恨的情感。

是的，這些年來我在獄中細細回想自己與被害人交往的經過，尤其是犯下殺人暴行之前的幾個月，發現那一段時間，嫉妒早已在心中長成一隻巨獸，日夜不分地啃咬吞噬著我的理性，逼迫著我不停地以自殘的方式傷害自己，也用言語或行為傷害別人。

然而這樣的情緒宣洩並不會減緩嫉妒的仇恨心，它反而變本加厲地催逼我去做出更大的傷害，直到一方毀滅，甚至雙方都毀滅，嫉妒才肯罷手。簡單言之，當時的我完全被嫉妒所操控，體內任何理性的聲音都被它漸漸地蓋過，只留下怒火，只想要報復。

大約三年多前，臺北來的友人送給我一本精美的英文版莎士比亞作品簡介，銅版紙彩色印刷，厚達七、八百頁，我花了不少時間慢慢品味莎翁傳世的不朽名劇，竟驚覺到幾部最受推崇的劇作皆是悲劇，都與人類的嫉妒脫不了關係，如《哈姆雷特》、《馬克白》及《奧賽羅》。特別是《奧賽羅》中那位百戰沙場的名將奧賽羅，再強大的敵人都無法擊敗他，卻死於自己內心的嫉妒。

因為嫉妒，奧賽羅像是一桶裝滿汽油的容器，等待著星星之火的點燃，然後手刃愛妻，毀滅自己。這下我才明白，原來人類早已飽受嫉妒的荼毒，莎翁看到了，讓它成為筆下劇作中真正的主角；而我實在無知，殺人之後數年才弄懂自己內心是被嫉妒控制著。

社會心理學家凱薩琳·安東尼（Catherine Anthony）認為，人在一生中經歷一次或數次嫉妒引起的衝突是正常的，如果深陷嫉妒的泥潭，始終無法自拔就該警惕了。在極端的狀況下，有可能發展成妄想狂，更有甚者會導致謀殺或自殺。爸爸若能早先一步認識了解自己內心的這項惡劣心性，也許悲劇便不會降臨在我身上，你也不會吃那麼多苦了。

這些年來，我一直試著馴服嫉妒這頭在我體內自生自長的怪獸，學習完全付出的愛的模式，於最需要被愛的監獄中，勇敢放手，操練著祝福別人的功課，在神的慈愛陪伴下克服分手的恐慌和傷痛。更重要的，對多情的我來說，最大的折磨並不是分手，是經常性的情不自禁。這是過去情感糾葛的根源，也會是未來重返社會的一大挑戰。幸好長期的監禁，使我在獨處中充分地觀察認識到自我，如今已懂得怎樣的距離是與異性相處的恰當分際，不至於在自己心中無端地掀起漣漪。

寶貝，寫下這一切對我而言實在既難過又難堪，可是我總擔心你會不會也遺傳到我的情緒困擾。雖然曾請教過精神科醫師，確信我的狀況是個人成長環境和遭遇所形成的心理問題，可以被治癒，可以被改變，但肯定不會遺傳，我仍放心不下地告訴你自己的狀況和改善狀況的努力方向。總之，盼望你能及早開始練習自我觀察與認識本性，為自己平安喜樂的人生鋪出一條坦途。

不停地寫寄不出去的信令人心酸，但想著你未來會孤單一人活在世界上，無論如何老爸都得撐下去，讓我的愛可以伴你永生。愛你唷。

6/10

孩子：

剛剛才吃過晚飯，回到床鋪上便又打開置物櫃翻找零食，這種舉動在外面世界可能不多見，在監獄裡倒是滿普遍的現象。說穿了，不就是囚犯的伙食實在難以下咽，許多人都是隨意扒幾口白飯就打發一餐，稍晚再找零食充飢或泡麵果腹。

說起吃零食，爸爸在監獄裡最常買的是蝦味先。不知道你有沒有吃過這種東西，香香酥酥鹹鹹脆脆的。其實它好不好吃見仁見智，畢竟人各有好，但對爸爸而言，蝦味先不僅僅是一種零食了，它還是一種情感的記憶，並不酥也不脆，反倒是濃濃稠稠地在心裡熬煮了幾十年，越熬越香。

印象中蝦味先的出現約在爸爸國小一、二年級的時候。當時公務員的待遇並不好，你爺爺奶奶也跟著節儉過活，平常日子家裡看不到任何零食，年節來到才會應景地在客廳的茶几上擺些糖果餅乾。不過，每逢學校春、秋二季遠足或旅行，你奶奶都會帶我到集集鎮上唯一的麵包店——南清珍，買些糖果、零嘴及麵包放在小書包中，讓爸爸背著去玩，肚子餓了便有東西吃。

民國六十年代，臺灣的經濟尚未起飛，基本上還是個以農業為主的社會，便利商店或超市並不存在，於是麵包店裡賣得就琳瑯滿目了，各式各樣的零食玻璃櫃內都會陳列，像是到如今仍歷久不衰的零食「乖乖」就一定會有，蝦味先和它比起來還算是後起之秀囉。

爸爸當年和你母親一樣就讀集集國小，一個年級只有二至三班，整個學校六個年級不超過十八班，和都會區的小學相較，算是迷你學校。低年級的春、秋二季遠足考量到年紀還小，大致上都是選擇鎮郊附近的地點，步行來回不會超過二小時，所有小朋友兩兩一列，由老師領前壓後地手牽手出遊。記憶中洞角的香蕉集散市場，緊鄰著綠色隧道的大吊橋（今集集攔河堰），和平國小門外的大樟樹皆是我們經常造訪的景點。

不過說來好玩，遠足對當年的小朋友們而言，要去哪裡並不重要，步行只是個過程，每位小朋友心裡只掛念一件事——吃，到達目的地後，先擰開水壺喝口水，接著便是打開書包享受家人為自己準備的食物，痛快地享用平常吃不到的美味。有的同學的母親連便當都給帶上，而奶奶的花樣就更多了，她喜歡為我做日本料理——壽司，用白飯包醃醬瓜和肉鬆，再用整張海苔捲起來切塊。每回我由書包裡拿出擺滿壽司的便當盒，總會引起同學們的好奇與羨慕，可是小氣的我喜歡一個人獨享奶奶的手藝。你知道嗎？一直到我在臺北念大學，每次要從埔里搭傍晚發車的國光號北上，奶奶仍然喜歡玩她的老把戲，而爸爸也和小時候一樣，等到車開動了，天色暗了，才把裝著壽司的便當盒打開，獨自享受著童年的滋味。

小學遠足時，我書包中帶的零食不見得每回都相同，可是卻有樣東西每次都不會少，那就是蝦味先。當年蝦味先剛推出時，電視廣告播送的頻率頗高，不只我知道有這款新產品上市，奶奶也是「呷味先」、「呷味先」的朗朗上口，瞧見麵包店的玻璃櫥櫃裡擺上它，自然會買上一包讓爸爸嘗嘗。

爸爸永遠忘不掉，坐在濁水溪畔大吊橋旁的草地上咀嚼第一口蝦味先的滿足，那鹹香酥脆的口感帶給我味覺上的新體驗，讓我從此愛上它，每回遠足都會吵著要奶奶買給我，甚至偶爾嘴癢也會央求奶奶買蝦味先來解饞。

我猜想可能是上了國中之後爸爸就沒再吃過蝦味先，出社會賺錢後，經常是大魚大肉，更不可能再去碰這種東西，印象中連你出生後也未曾在家裡看見你母親買這一樣零嘴給你吃，入獄後監方印製的食品百貨單上有列上蝦味先，馬上吸引了爸爸的注意力，一邊開單購買，腦海同時便浮現童年的集集小鎮，我還看見有一群小朋友坐在大樟樹下、大吊橋旁快樂地享受著自己帶來的食物，其中一位小男孩正津津有味地吃著蝦味先。

當我在獄中領到數十年未見的蝦味先，十分慶幸自己拿到的是原味，心想該和小時候的滋味一模一樣，然後小心翼翼地把整包蝦味先放在手提袋內，打算夜裡再慢慢品嘗。可是內心的期盼，讓我等不到太陽偏西就坐在工場的座位上打開它，將手伸入袋內緩緩取出幾條蝦味先放入口中，才一咬下，眼睛就泛出淚花。這時我才曉得蝦味先的滋味原來是奶奶的味道。

6／11

孩子：

相信你從小就常聽到「沉默是金」，書本上也常提到「沉默是金」。你有沒有思考過：為什麼沉默是金，不是鐵？沉默到底有什麼價值？憑良心說，這個問題在爸爸入獄前還真沒用心想過。尤其我的職業是律師，說話本是工作的一部分，不論是在法庭上、會議中，我都得逞口舌之能，為客戶爭取最大的利益，能沉默嗎？若談到生活上，爸爸常是勒不住舌頭的，老愛說長道短批評別人，你母親就曾提醒我，話太多了，總有一天會闖下禍事。

到了監獄生活，我才開始奉行「沉默是金」這條金科玉律。你別誤會，並不是我在言語上惹出麻煩，而是監獄裡頭的空間狹小，人與人之間的接觸異常接近，再加上枯燥煩悶的生活，造就了毫無祕密可言的生活環境。想要無驚無險的度過刑期，把嘴巴閉緊是不二法門。不過這一閉嘴，不僅閉出平安，還閉出了門道。

爸爸發現言語的力量固然大到可以興邦或亡國，可是沉默的力量也是不可小覷的。長時間的少話，遇事的沉默，讓我察覺到沉默中會有一股震懾人心的莫名力量。由於沉默無聲的象徵意義幾乎是無限大，每個人對於沉默這個現象會出現不同的解讀，做出不同的回應。此時，沒有人確切知道沉默者的內心世界，沉不住氣的人卻會依據自己內心的想法瞎猜一番，然後在行為中表露態度。那種對沉默的回應看似主動，其實只有回應者了解自己的內心宛如受迫般被驅使著。這就是沉默的力量，孩子。

聊到沉默，朱自清的看法也非常值得你深思。他說：「沉默是一種處世哲學，用得好時，又是一種藝術。你更應該知道怎樣藏匿自己，只有不可知、不可得的，才有人去追求。你若將所有的盡給了別人，你對於別人，對於世界，將沒有任何意義。」大陸作家余杰也認為：「沉默是一種最高的智慧，已經累積成一種潛在的力量。越是無知的人，越是喜歡炫耀自己，而越是智慧的人，越是謹言慎行，到了萬不得已要說話的時候，往往是一語中的。」

孩子，這下你該明白為什麼「沉默是金」了。量少質精的言語對周遭的人而言，就有如黃金般珍貴。你想有誰會去稀罕除夕夜徹夜不停的爆竹聲響呢？當一顆在黑夜裡閃閃發亮、熠熠生輝的夜明珠吧。晚安。

6/30

孩子：

不曉得你記不記得，去年八月放假時我曾問你：找到陪伴你一生的知心好友嗎？你毫不猶豫地回答：找到了。我欣慰地提醒你，要好好珍惜那段友誼。我猜你口中的那位朋友可能是在國中畢業那年，和你一起騎自行車環島的同學。光是用想像的，我都可以感覺到那分「天涯伴我行」的知己情懷。

我也有這樣的朋友，呵，你從小就認識他的，葉銘進叔叔，也是你打大老二的牌友。我們的緣，起於法律研究所，在撰寫畢業論文的過程中相互勉勵，探討法學理論，沒想到一晃眼就是二十年。尤其入獄這些年來，從為我辯護，和解，到照料我發監執行後的生活，替我照看你和你母親，葉叔叔，從未遺忘，未曾間斷。你大伯到臺中監獄會客時都說，和葉叔叔對我的關心相較，他自嘆不如，甚至他覺得爸爸這一生能交到葉叔叔這位朋友，已無遺憾了。

其實，除了葉叔叔之外，還有許多朋友陪我一路走過，雖然沒有葉叔叔那麼體貼及付出，但他們給我的物質支援與精神鼓勵，已經遠遠超過一般朋友了，幾乎爸爸求學的每一個階段，小學、國中、高中、大學、研究所都有同學出現在陪伴我度過人生苦難的行列中。然而，不只如此，我擔任執業律師後結識的客戶兼朋友，也有不少人持續地關心我，連爸爸出獄後的工作他們都幫忙安排妥當，只等假釋出監即可上班。

以前在職場上，常聽人說起，商場上結交不到真心的朋友。這句話的意思是指商場上凡事以利益為考量，朋友間的往來只是以生意或業務為目的的虛情假意。憑良心說，在未入獄之前，我還指不出這話有什麼不對，畢竟同時兼具朋友和客戶關係的人不少，未經歷烈火般的考驗，沒人能斷言交情真偽。入獄之後，不但客戶關係消失，我還一無所有到沒有任何值得別人期盼的地步，可是就在此一文不名、前途無亮的人生谷底，職場上的友人一個個站了出來，拍著胸膛說：「北元，加油，兄弟們挺你。」這讓我想起美國麥克阿瑟將軍曾寫信給兒子：「不要在朋友中尋找商機，要在商機中找尋朋友。」這是多麼睿智的一句話啊！

這麼多朋友的關心和支持，讓我不禁要捫心自問：我劉北元何德何能，蒙朋友們如此厚愛？有一回一對夫婦來看我，他們二人都是我的大學同班同學。隔著玻璃窗，夫婦倆紅著眼眶回憶著二十多年前的某日，高考放榜當天，由於錯誤的訊息，女生以為自己落榜，在家哭得半死，我卻好像吃飽撐著般騎機車到考試院門口看榜單，並打電話向女生恭賀金榜題名，讓她少哭了好幾天。二十多年後，當時的那個女生由先生陪著，親口向在獄中的我說聲：「謝謝你。」從那一刻起，一謝就是七年。

還有一次，爸爸以前的一位客戶羅姊來看我，我忍不住問了她：「為什麼對我如此好？我自認承擔不起。」（這些年來我想看的英文小說都是她由臺北帶來，此外，每月還為我寄上金錢，從未中斷。）她同樣地把時間回溯到十年前。當時她在外商銀行任職，與一位具有美國碩士頭銜的同事競爭經理的職位。在彼此不相識的狀況下，僅憑著我大學同學的介紹，我答應協助羅姊的業務。羅姊同樣隔著窗子娓娓道來這段往事，她說我的協助對她爭取經理職位起了重要的作用，讓她順利升任。之後羅姊說她一直想還我人情，可偏偏我澈底忘了這件事，船過水無痕般絕口不提，使她這個人情不知從何還起。等了十幾年，現在是她答謝我昔日之恩的時候到了。

一年前羅姊得了癌症，還瞞著我不斷寄錢，這讓我事後心疼不已。今年四月放假，我特意到臺北探望她。多年隔窗相會，這回我們在松山機場碰上面，她抱抱我，我紅了眼，告訴她：「再忍忍，等我假釋，幫姊夫照顧你一輩子。」

孩子，說了這麼多，你明白爸爸的心意嗎？我想讓你知道，朋友是一生享用不盡的財富，爸爸媽媽肯定無法陪你一生，朋友卻會和你攜手走完人生。好好珍惜每個人生階段出現在你身旁的朋友，更重要的是真誠、誠懇、熱忱地對待朋友，無私地為朋友付出。你每付出一次，就如同在朋友心中的友情帳戶存一次款，付出的越多，存的也就越多。但是，孩子，存款的說法只是爸爸的一個比喻，你的心中永遠都不可以有這筆帳，永遠都不要想有朝一日可以提領它。

一個只存不領的帳戶，哇！你想想那會是多大的一筆財富呢！

7/11

孩子：

昨天傍晚收封後回到寢室，發生一件有趣的事，當下就想寫下來，但我忍住那股剎那的衝動，讓思緒沉澱一夜，於心平氣和的情緒下再回憶昨日的感受，寫信告訴你。我覺得在事情發生當下，情緒是大幅波動的，文字會被過度渲染，反而寫不出好想法來。

其實那是件微不足道的事，但我卻極為快樂，而這種心境讓我再次想起蘇軾對生命的豁達，對世間萬物的熱愛，純真得像一個大孩子。

是的，不過是睡在附近的A兄送我與小賈一人一杯冰塊，我卻像是一個孩子般興奮歡娛，好似是收到了盼望已久的禮物。

事情是這樣的：在監獄中原是沒有冰塊的，但於中餐班工作的同學因有製冰機，便經常利用戒護空檔偷偷將冰塊攜進寢室。不過，我和小賈都沒有什麼要好的朋友在中餐班工作，所以，每回見別人在喝冰沙士的時候，我們二人只能乾瞪眼，彼此安慰說：喝冰水對身體不好，還是少喝的好。天知道我們兩個人多想在酷暑中清涼一下。

昨日傍晚不到四點便提早收封，我和小賈二人呆坐在床上默默地承受西曬的火燙日光，爸爸依著慣例將棉被在床上鋪開。這是我苦中作樂的想法：我這個床位最棒了，天天下午都可以晒被子。未久，A兄的朋友大胖提了桶冰塊來送他，然而A兄一人怎麼喝得完那一桶冰塊呢？他很好心地分給我和小賈一人一杯滿滿的冰塊（約七百西西的杯子）。

A兄再為我們裝滿冰塊時，小賈和我的眼神都亮了起來，當盛滿冰塊的水杯回到我們二人手上，那冰涼的感覺透過塑膠杯傳遞到我的掌心再流遍全身，我笑了，笑得合不攏嘴，趕緊喝一口杯中冰塊溶出來的水，啊！久違的痛快席捲全身，先是舌頭，喉嚨，竄入食道不久便攻陷了胃部，我的四肢很快地舉起白旗，任由冰晶長驅直入。太陽的熱力漸漸自我身上敗退，我閉上眼享受那降溫的歡愉，一種象徵著自由的快感。也許這個感覺只能持續十分鐘，但留在腦海中尚未消退的記憶，可以讓我一夜好眠了。

享受冰塊冰涼的同時，小賈突然開口：「北元哥，喝冰水對身體實在不好，不過……」「不過既然A兄一番好意，我們也不好意思拒絕，下不為例，下不為例。」我連忙接著道。然後我們兩人相視而笑，笑得比窗外的斜陽還要火紅燦爛。

就在這大笑之中，我覺得自己那一瞬間像是個孩子，好容易滿足，好容易快樂，就一點點冰塊，便足以讓爸爸載欣載歡起來，連冰塊都早已消融後的夜晚，也都因此而一夜安眠。難怪《聖經》裡會說：「我實在告訴你們，你們若不回轉，變成小孩子的樣式，斷不得進天國。所以凡自己謙卑像這小孩子的，他在天國裡就是最大的。」

是的，像個小孩子，像孩子們一樣謙卑、坦率、信任、知足、虛心學習。

大人們都太老練、太世故、太疑心、太多欲望、太自以為是了，人生變得無法真誠、無法不算計，無法交朋友、更無法學習把自己變好。兒子，我們的肉體不可能回春，但我們的心境可以返老還童。我終於明白了，蘇軾面臨苦難時的創作屢創巔峰，不是因為他能吃苦，而是他像個大孩子，快樂地度過流放謫居的日子，那一點都不會苦的。也是因為他保持這麼一顆純淨真摯的心靈，才能文采華美橫溢，渾然天成，如杜甫所言：「此曲只應天上有，人間難得幾回聞。」

孩子，你無法停止成熟長大，長大成熟也不是壞事，但千萬不要忘記了自己兒時的純真情感，那會是你人生幸福的「臍帶血」。

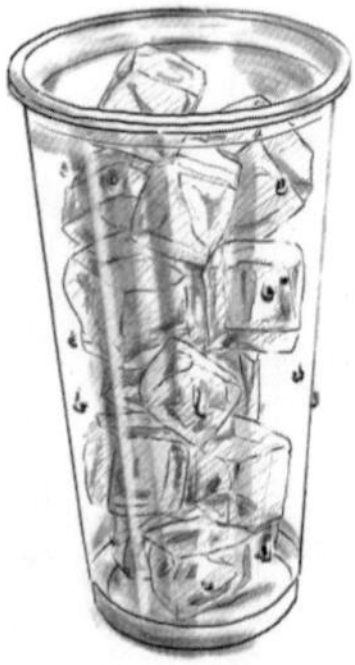

7/12

孩子：

今天是週六，想和你聊一個有趣的現象——「一無所有」的快樂。

今年三月中旬，新聞臺記者來採訪我，主管找了間比較新的雞舍要我進去割草餵雞，供電視臺拍攝我養雞的畫面，同時身上還夾了一個無線小型麥克風，進行同步收音。不曉得是不是主管個人的想法，割草餵雞的動作反覆數次，大約歷時十分鐘，主管仍做手勢要我繼續動作。當下我覺得自己像個傻子，心裡一陣不快，三字經便輕輕地脫口而出，雖然我立刻驚覺到身上有無線麥克風，但話語已如水潑出，怎收得回來呢？

收封後回到寢室，靜靜地躺在床上休息，心裡卻開始擔心自己的「粗口」若被來訪的記者在後製剪輯時聽見，是否會引起不必要的誤會？這個誤會是否會把原本正向的報導扭曲成負面新聞？若出現負面報導會不會影響我的假釋？或是波及我未來出版書籍的計畫？我想了許多，也給自己的肩上加諸重擔，那一夜我失眠了，在憂愁中輾轉反側，直到曉光乍現，我才勉強瞇了一會兒。

用完早餐，依往例進行晨禱。在與神的每日交通聯絡中，祂提示我自己心態上的執著與不當。從我被羈押在看守所起，我開始失去原本所有的一切，事務所、財富、家庭、朋友，我連自己的靈魂都弄丟了，當時可真是一無所有，眾叛親離，靈魂出竅。

但習慣了一無所有之後，我竟學會了找尋非物質上的快樂，專注於精神生活上的滿足，我不敢說自己是無牽無掛，然而我在入獄二到三年後已經不需要再擔心會失去什麼，或者該去想法子擁有些什麼，那種日子單純且單調到不能再簡單的程度。可是靈魂最喜愛的宿主，卻也是如此純淨的身軀。我竟然在這種艱困的環境中活了過來，不但活了過來，還發現了取得真實快樂的祕密——

反璞歸真。讓自己的生活欲望簡單化，讓自己的心靈天真化。

自從我在獄中寫作並出版書籍的事經過媒體一再報導，輿論給予我正面的肯定，感覺上似乎悲慘的人生有了逆轉的跡象，然而我的心也因此再起了得失的塵世俗欲，我一旦有了正面的社會輿論為價值，便會擔心失去它；有了出版書籍的機會，便會憂心計畫破局。因為又想去擁有什麼，因為又已經擁有了什麼，我洗去凡塵多年的清心竟再度蒙塵。神賜給我人生再重來一次的恩典，絕對不是要我如此庸俗地走完餘生，與過去一樣陷落在欲與得的幽壑深谷中不能自拔。我得改變自己。

之後的每日晨禱中，我開始將自己世俗的欲望交託給上帝，包括生命的親情、愛情、名利、財富，我都懇求上帝按照祂自己的想法賜給我適當的恩典，我該得到的，請神賜予，我不應有的，請祂取走；我一旦有所得，請神為我保守。至於什麼是我可以有，什麼是我不該有，我也交由上帝按其旨意讓我知曉。

我如今所做的，是追求一個理想的境界，自己只負責「做好人，做好事」，其他的就交給天上的神來為我安排。我明白這種境界在出獄後很難求得完美，但多進境一分，生活便快樂一分，多追尋欲望一分，便多苦惱一分，為了自己餘生的幸福，我得抓緊這個宗旨走下去。

我曾在《聖經》上看過這麼說：「鐵器鈍了，若不將刃磨快，就必多費力氣……」磨刀的結果是讓刃變得更薄，雖然它失去了原有的一部分，卻變得更加鋒利。大陸作家余杰說：「那麼，我們有沒有這樣的勇氣：像磨刀一樣磨礪我們的生命？我們有沒有捨棄的智慧——捨棄各自生命中那一部分無用的包袱？」孩子，與其要你的人生朝著「一無所有」的無欲境界邁進，我寧願你學習人生的減法，時刻警醒自己的心懷意志，不用加法來尋求生命的快樂和滿足，你的人生必然會更平安，更幸福。祝福你，我愛你喔。

7/13

孩子：

週日對外役監的犯人本是休息的日子，今天卻是例外。由於臺東已將近一個月滴雨未落，田野經過日光的長期照射，土地裂了，草木枯了。為了搶救茶、咖啡及其他農作物，外役監這幾日幾乎全員出動澆水，連消防車都來回穿梭在田野間，強力的水槍朝向藍天，射出一條白練般的水柱，再如雨般落下，遠遠看還真是煙雨似的濛濛白露，在烈日下反射著日光，一閃一閃的，相當耀眼。

清晨早點名時，營繕組小丙湊到我身邊聊天，我把因痛風腫脹的右食指秀給他看，告訴他昨夜疼了一晚，幾乎徹夜未能安眠。隊伍解散不久，小丙向藥管同學弄了二顆秋水仙素給我服用。他的好意與關心全寫在臉上，但不知他是否看出我心裡的尷尬？

事情是這樣的：小丙和我都來自臺中監獄，我倆還曾在「仁10工」相處三年左右。因此，在臺東又相遇，且又同在畜牧組，二人自然而然會走得比較近。

今年四月放假返監時，小丙身上被搜出手機的ＳＩＭ卡，立時被論處違反監規帶走。於違規房靜坐一個月後，他又下到新收組重新考核。在住違規房期間，收容人不能開單購買生活物品及零食，因此，縱使他回到新收組立即開單購買物品，也得三個禮拜後才會到貨，小丙到新收組時可說是糧盡援絕，亟待朋友接濟。

很快地，我收到了小丙求援的紙條，還特別交代我把紙條拿給幾個比較有交情的同學，讓大家一起幫他湊一湊。我依他的指示，把紙條傳了出去。不久，就有人來找我，說手頭上不方便，過幾個禮拜再說；有些人則自始至終都沒來找我。

心寒之餘，我決定不讓小丙等太久，自己先湊些東西傳過去。把放置戰略物資的置物箱打開來，映入眼簾的有肉鬆、泡麵、餅乾及一些甜食。我拿起塑膠袋想裝些東西，手竟然不聽使喚，心中有個聲音一直在說：「弄兩包泡麵、一盒餅乾應付一下就好。」這是怎麼回事？到底是什麼力量能推翻自己理性思考的結果，迫使自己做不願意做的事？明明就只有一人一心，怎麼會有反對自己的力量在體內生成並左右了局面？

我不懂心理學，但我覺察到在理性的自我之外，竟有一個不受理性思維管轄的自我存在，以直覺的反射動作發出指令來駕馭肉體的行止，這兩個都是我，卻會在心裡彼此爭戰，發出互相矛盾的指令，最終得拚個輸贏。我很想問：這不受理智控制的行動指揮中心，是否是人類最基本的原始性格？例如愛、恨、情、仇、貪、嗔、痴等等心理狀態的起源，而我會失控犯下殺人大罪恐怕與此大有關係。

掙扎了好一會兒，最終是理性思維抬頭，我只為自己留下兩包泡麵，其他的存糧都丟進塑膠袋，託人帶出去給小丙。雖然過程有些內心爭戰，但一旦勝負已判並付諸行動，另一個自我很快就消失得無影無蹤，一切又恢復正常。

隔天中午收封回到明德莊，路過新收組舍房時，聽見有人在喊我，抬頭一望，正是小丙站在鐵門前。他見我目光投射過去，立刻接著高聲說：「北元兄，東西收到了，謝謝你！」我看到小丙感激的神情，心中一股暖流湧出，我很安慰自己的理性思維克服了黑暗的人性，把人性的光明面送到身處患難的朋友手中。真希望小丙永遠都不會知道我的義氣曾經動搖過。

兒子，寫到這裡，我想送你一句話：「攻克己身，教身服我。」不過，你得有心理準備，這場戰爭會隨著你的生命延續到盡頭，願你能成為自己的勇士。

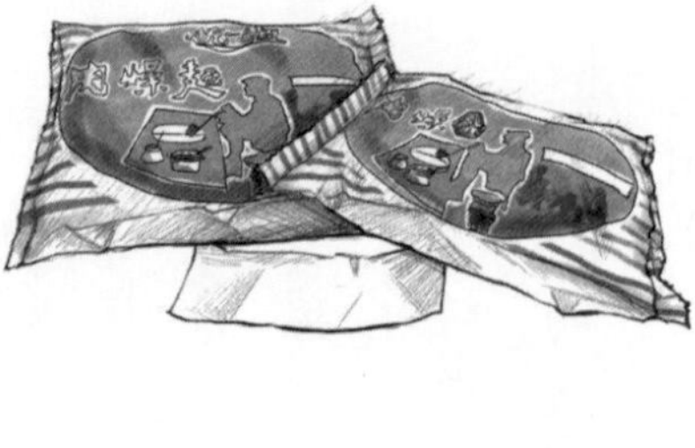

7/14

孩子：

有時候我真的滿擔心的，你長大後是否會和我一樣多情易感？我所說的「情」並不單指男女之間的愛情，更包括內心豐沛的情感，容易為事物引發，並在心中湧流不止，譬如望海而心中波瀾壯闊奔騰，一時間豪情萬丈；觀斜陽而感嘆生命稍縱即逝，無語凝噎。記得你小時候和我一起看日劇《一公升的眼淚》，劇情發展到感人處，你竟淚流滿面。你母親還笑你怎麼如此善感！沒辦法，這就是我們家族的性格特徵。

前天夜裡，因痛風發作手指抽痛不止，「夜點」完後索性打開電視，一方面消磨精力一方面分散對疼痛的注意。持續轉了幾個頻道，最終停留在客家電視臺。當時的節目正在介紹臺鐵現役列車中最老的柴油列車，即俗稱的「白鐵仔」。我一看到電視螢幕上播放著「白鐵仔」奔馳在花東縱谷的畫面，一陣陣強烈的情感自心頭噴薄而出，將眼眶注滿眼淚。「白鐵仔」對我來說不只是一列火車，更是我兒時可望而不可及的夢想。但真正讓我情感如大潮般驟現的是，不曾記起的夢想，原來沒有遺忘，原來仍潛藏在心田裡，絲絲如縷緊緊地包裹著童年的純真。

該超過四十年了吧。四十年前「白鐵仔」有個名震九州的漂亮名字——光華號，是當年行駛在西部幹線上速度最快的列車。到底有多快？對我而言它一直是列充滿神祕色彩的特快車，直到看完前晚電視節目的介紹，我才曉得「白鐵仔」是在民國五十年代前後購自日本，行駛時速達每小時一一〇公里，加上停靠的車站少，當年真可謂風馳電掣來去如風，臺北到臺中僅要兩個半小時。現在的你可能不覺得這樣的速度有多快，可是在臺灣還沒有高速公路的年代，搭車往來臺中臺北動輒五、六個小時，說它是六十年代臺灣西部平原上的銀色閃電並不誇張。

第一次見到光華號是和你奶奶、大伯從臺中搭觀光號火車赴臺北的途中。觀光號當年已是有空調設備的高級列車，停靠的車站也不會太多，卻要讓道給同向北上的光華號，停靠在小站上等待它從後方超越。

一看到那閃著銀光的耀眼列車迅雷般從車窗外飛掠而過，我問你奶奶：「那是什麼號？怎麼跑那麼快！」「那叫光華號，是跑得最快的火車。」奶奶回答。「那為什麼我們不坐光華號到臺北？」我納悶地接著問，她笑著說：「媽媽買不到車票啊。」雖然我沒有再問什麼，但是「白鐵仔」從此在我心中染上了一層神祕的色彩，「車上坐的一定都是大人物。」我非常地篤定，而且我告訴自己，有一天我也要坐上飛快的光華號到臺北去玩。

在我的記憶中，還有一幅見到「白鐵仔」的震撼畫面。那年我和你奶奶搭舅爺爺的轎車到斗南玩，途中經過一處鐵路平交道，當時柵欄已經放下，你舅爺爺把車停下等候火車通過，就在叮咚叮咚的警示聲響中，「白鐵仔」從遠方呼嘯而至，又倏忽消逝眼前。臉上還被它通過所帶動的氣流吹得刺刺的。

這一回我總算清楚地看見「白鐵仔」的車頭，前面有塊圓牌，藍底，中間有臺灣地圖的圖樣，上頭寫著「光華號」三個字。我試圖想看清楚車上的「大人物」長什麼樣子，「也許是老師前幾天教同學背起來的五院院長。」我又開始幻想著火車上的狀況。

那次和「白鐵仔」邂逅之後，它便在我的腦海中化為一縷輕煙，鑽入記憶的深處，將我的童真緊緊裹住，沉入歲月的河流底部。流年似水般地沖激著，我只是一味地長大，一味地變老，那留在河床上的，早已為厚厚的泥沙掩埋，不曾再浮上水面。

幸好，光華號的記憶雖深陷幽冥的時光河流中，現實世界中的「白鐵仔」仍然馳騁在風光旖旎的花東縱谷中。它目前是逢站就停的慢車，不過，雖有年輕一輩的出頭，仍難掩「白鐵仔」昔日的雄發英姿，縱使它如今已步履蹣跚，但至少和我年紀相仿的人，都能認得出它那如閃電般耀眼的光芒，在東臺灣的藍天下，悠悠地和白雲談論著它曾經擁有過的輝煌，像是待退伍的老兵，對年輕的菜鳥們說起金門八二三砲戰有多兇險，自己開砲還擊的身手有多矯健。

時光就像手中的流沙，任你握得再用力，都無法擋住它從指縫中流失，沒有人，從來沒有人能留得住它。我們唯一能做的，不就是珍惜當下嗎？讓每一個當下，成為昨日夢想的實現，也變成明日美好記憶的來源。夢想中的光華號我未曾搭乘過，四十年經過，即將退休的「白鐵仔」依舊與我擦身而過，雖然我早已明白當年的光華號上面並沒有什麼大人物，更沒有什麼五院院長，可是見到電視上播出它即將退役的消息，還是惹動我的情緒，在獄中愁上添愁，感傷不已，既哀嘆時光的無情，更悲傷童年的夢想破滅。

寶貝兒子，你有什麼兒時夢想藏在心中嗎？很抱歉，我錯過了你的童年，不過，你現在可以告訴我，等我出獄後我們一起去實現，好不好？

一言為定喔！我不會再缺席了。

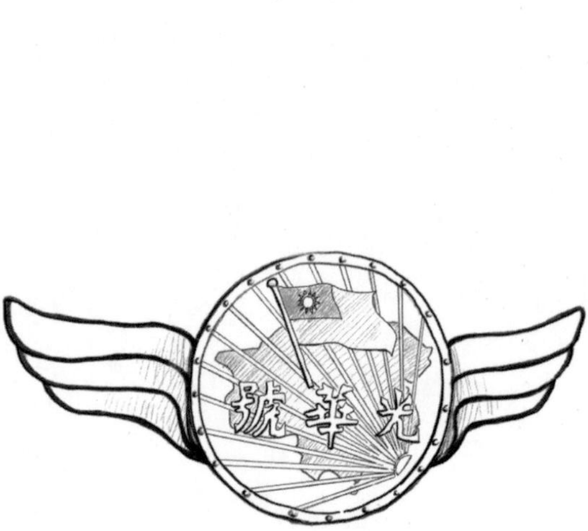
光華號

7/15

孩子：

我現在和小P在小黃雞舍工作，你是知道的，在去小黃雞舍前，我是帶另一位同事阿T在五櫥養雞。我離開後阿T便頭一次獨挑大梁，他心情上的壓力可想而知。最近一個多禮拜，日日耳聞五櫥死十幾隻大雞，阿T是整日愁眉不展，我基於關心，利用工作空檔到五櫥逛了一圈，找阿T討論他目前養雞工作上的瓶頸，提供一些對策。

五櫥是一年多前我分發到畜牧組後開始接觸養雞工作的第一個雞舍，裡面的一草一木一石我再熟悉不過，也有許多酸甜苦辣的生活記憶。當然，我也是在這裡認識小傑的。

別誤會，小傑不是人，小傑是隻雞，一隻讓人敬佩的突變種公雞。千萬別說老爸太誇張，既然敬佩起一隻雞來！小傑所展現的生命力確實超越我對動物的想像，甚至讓我思考起自己未來的人生態度。就讓我為你說說小傑的故事吧。

武陵外役監多年來一直以圈地放養的方式飼養黑羽土雞，每處雞舍占地都相當大，我目測估計總該有千坪以上。這麼廣闊的範圍只養二千隻不到的土雞，活動空間非常充足。然而黑羽土雞本身帶有鬥雞的血統，導致公雞異常兇猛，尤其下午三點以後，陽光開始偏斜，雞舍內的打架爭鬥情況更是嚴重，一旦有雞隻受傷流血，立時遭到數十隻，甚至上百隻雞的追殺圍毆而一命嗚呼。

雞的世界與其他動物群體沒啥兩樣，都是弱肉強食，因此，雞隻大到會打架時，首先遭殃的一定是體型比較瘦小的、跛腳的，再來便是長得比較奇怪的，譬如雞冠全黑的、臉全黑的，另外就是白色的突變種。黑羽土雞顧名思義，全身羽色除了頸部些許灰白參差其中外，通體大致上都是黑色羽毛。你現在可以閉上眼想像一下，在坐滿二千位黑衣人的禮堂內，就你一人穿著白色西裝出現，夠顯眼了吧。所以，養到一定天數後，我們會將白色突變種抓離大雞舍另闢雞室飼養，以免遭到攻擊而死亡。

我仔細觀察過，白雞在雞群中不但是被攻擊的對象，連日常生活都是被排擠的，當他們靠近水源或飼料桶時，往往立刻會被附近的雞隻驅趕，因此白雞要喝水或吃東西總得等到四下無雞時，趕緊衝過去狂吃猛喝一番，然後迅速離開。這個現象也造成白雞身型的發育會比同天數的雞隻小一些。

我認識小傑是某日在抓白雞進行隔離時，發現不遠處有隻白雞正在追打雞隻，這個情況非常罕見，體型小一號的白雞通常都只有被追的分。我一時好奇心起，就把牠留在大雞舍中，想觀察牠的生活情況，看看是否能得出「白雞不必然要隔離」的結論。當下我為牠取了一個小男孩的名字：小傑。

小傑確實與眾不同。一般白雞遇見挑釁，似乎明白自己的身分，除了逃跑，把自己藏在掩蔽物下，就只會蹲在地上任其他雞隻欺凌至死。同樣的情形在小傑身上，狀況就不一樣了。遇見有如螃蟹般側行靠近挑釁的雞隻，小傑會毫不猶豫轉身給予迎頭痛擊，打得對方嘎嘎大叫，亂荒而逃。我從未見牠逃跑過，一次也沒有。牠的勇敢為牠自己在大雞舍內爭得生存的機會和空間，其他雞隻都知道小傑和其他軟弱的突變種不同，是隻不好欺侮的白子，久而久之便接受小傑可以一起進食或喝水。所以小傑的個頭和一般黑羽同類並無不同，與其他白雞相比則明顯大了一號。

這裡的雞隻養滿了一百二十天就送電宰場宰殺出售，小傑雖勇敢強壯，卻也逃不過牠們來到這個世界的宿命，被我們宰殺出售。小傑走的那一天我心情無比沉重，親手抓起牠關進鐵籠，再送牠上卡車，讓牠這一程不會太難過。

那天夜裡躺在床上，像是油鍋上被煎著的魚，左翻右翻地難以入睡，想想自己再不多時就要申請假釋出獄，背負著殺人犯的汙名回到我曾經無限風光的社會，被別人用異樣眼光看待或者排斥恐怕難免，我能和小傑一樣勇敢嗎？勇敢地面對自己身上罪犯的烙印，面對人們鄙視和排斥，為自己爭取重生的機會與空間。

不知道，我真的不知道。

在獄中曾經有人說我膽識十足，敢拿刀殺人。他不知道，我是因為懦弱，承受不起情感的挫折才失心行兇，事實上我連祝福她的勇氣都沒有。我真的盼望自己能有小傑一半的勇敢就好，一切就不一樣了。

孩子，我頭一回放假時你在電話中告訴我，你和女友都願意正面去看待我過去的工作表現，原諒我過去的荒唐舉動，我便明瞭你很勇敢，面對父親殺人入獄的事實，不自卑、不逃避、也不畏縮，健康地活出自己的生命格局，令我好欣慰。

原來，你也是「小傑」。我愛你。

7/16

孩子：

你在臺中，有無感受到今年的夏天異常酷熱？晚飯時看了會兒新聞，全臺各地都在飆高溫，動輒超過三十五度。記得小時候和你爺爺住在鄉下（集集），盛夏高溫至多三十或三十一度，夜裡睡覺，床上既不曾鋪過竹席，也無需開電扇，那般清涼的夏夜，真是讓人懷念。

印象中去年似乎也沒今年這般熾熱。

我是去年四月三十日移監到臺東武陵外役監，當時還是暮春時節，連著幾日細雨飛落，空氣中還透著絲絲涼意，煞是宜人。時序一轉入五月，東臺灣的豔陽開始發威，人就得在田野間任由日光蹂躪，先是全身發燙，不消多久便頭暈目眩了。

不過去年再怎麼熱，午後時有偌大如豆的陣雨澆淋著驕陽下汗流浹背的我；而雨罷新晴，山抹微雲，遠方樹冠層上白鷺點點，一派古裝連續劇的古典浪漫場景出現在眼前，常使我醉倒在夕陽裡，閉著眼想想自己到底記得起幾首唐詩，可以吟詠應景一番。

「書到用時方恨少」這句話真是不假。不過，竊竊一想：有誰能通曉古今一切學問呢？看樣子「書讀得不夠多」這一恨正如同李後主所言「恰如春草，更行更遠還生」了。

雖然腦子剖開來檢查，裡頭全塞的是法條，找不著詩詞的半點蹤影，可細細盤算一下假釋可能獲准的時間，約莫還有二年左右，既然無法容忍自己美景在前道不出，我便下決心狠狠讀一讀詩詞，也好不辱你爺爺自詡為書香門第的傲氣。

剛開始先託放假的同學替我帶回《唐詩三百首》，每天晚上讀個幾首；接著自己放假到書局挑了二本詩、詞賞析的書；幾個月後再次放假，更是一口氣帶回五本書，包括了唐詩、宋詞及元曲。起先閱讀方式只是在佳句旁劃紅線標示，但也許是年紀大了，往往在幾日後自己到底讀過什麼已毫無印象；有時想起某一詩句卻只餘殘缺不全的記憶，連翻書查找都得再費一番工夫。

孩子，若是你讀書遇到這個情況，會用什麼方法克服？也許多讀幾遍是個方法，但我選擇更笨的方式，開始作讀書筆記，無論是詩、詞、曲，或者是編著者的賞析，凡見識精闢、文字優美的我是一概抄錄。好累人啊！是不？

但就這麼一分傻勁，也可說是毅力，大約花了一年的時間（事實上每日僅有夜間二至三小時能利用），所有帶來的書的精華全部為我掌握在筆記本中，不但印象深刻，查找也非常方便。最棒的是心血來潮打開筆記瀏覽，往往幾天工夫便可重溫七、八本書的精髓，真是淋漓酣暢的閱讀享受啊！

記得就讀集集國中時，國文老師曾說：「眼過千遍不如手過一遍。」自已動手寫過讀書筆記才明白，手過一遍的同時，心已在字裡行間句斟字酌好多遍，閱讀時未能領會的深意常在摘要筆記的濃縮過程中一一浮現。少年時心性未定，氣躁心浮，老師要同學們抄寫課文，我總有千百個不願在心中響起，如今將屆半百，終能體會老師的用心良苦。

去年十二月放假你到新竹看我，不知何故聊到「滿城盡帶黃金甲」這部電影，你說這名字是一句詩，我當下只是點點頭。今年清明假期你雖忙於考試，我們還是通上電話，記不清怎麼著你又提到「滿城盡帶黃金甲」這話，我在電話那頭將唐末民變首領黃巢所寫的〈詠菊〉讀了出來：「待到秋來九月八，此花開後百花殺。沖天香陣透長安，滿城盡帶黃金甲。」此詩寫於黃巢率大軍圍攻長安之際，雖是詠菊之作，卻透著兵事之味，寫得大開大闔。我細細為你訴說這首詩的典故。你驚訝之餘，問我是否特別去查找這首詩，相信你還記得我的回答：「我只是買了幾本詩詞的書來讀。」

讀書真的沒有捷徑，得下苦工去鑽研，且要持之以恆，如此才可藉日起有功，而終能小有所成。至於能否將所學發揚光大，就得看你的天賦如何了。

常有人說做什麼就像什麼，用以勉勵人用心於所做之事。若把這句話套用在讀書上，該是這麼說：讀什麼，像什麼。無論你讀過什麼書，總在念完它時像個念過的人。

加油囉！寶貝兒子。

7/17

孩子：

大前天夜裡這邊下了一場雷陣雨，淅淅嘩嘩地落了約莫半個小時，我躺在床上聽雨，也聞雨的味道，心中則盼著雨後新涼如水的滋味，可以助我浪漫地入夢。可惜，這場雨來得太短暫，「既相逢，卻匆匆」，才一翻身，明月已躲在雲後窺視著躁熱的我。

這場雷雨雖下了個虎頭蛇尾草草收場，但我用心對待這雨，它也的確不忍負我，為我演奏一曲仲夏夜打擊樂。一開場它就用定音鼓般的雷聲揭開序幕，接著如珠落玉盤一般，後方工寮的鐵皮屋頂發出清脆的鐵琴聲，奏出樂曲的主旋律，而窗邊大卡車的塑膠車篷在雨豆的沖擊下，如飛瀑落崖般，砰砰地敲出樂曲的節奏。不多久沙沙聲響加入了樂章，原來是大雨落在集合場上水泥地面的聲音，為整首樂曲添加了浪漫的色彩。夜裡看不見雨，聽覺反倒敏銳起來，各式各樣的雨聲傳來，像似相互崢嶸卻又如天造地設般一派和諧，也只有自然力的創作才能達如此美境。人是難以企及的。

親愛的，你一定猜不到這整首樂曲的最高潮竟是天籟之音。剛猛的雨滴一旦化為千絲萬縷的密網，樂曲也由雄壯激昂轉入低吟淺唱，甚少於夜間演出的男高音在此際突然現身，為這一夜的平凡帶來難忘的激情。好了好了，我知道你在抱怨爸爸到底在葫蘆裡賣什麼藥了，就告訴你吧，是隻夜鳴的蟬。

夏天固然是蟬的季節，可是牠一般只在日間鳴叫，夕陽一落下山頭，牠也就收工打烊，姿態可高呢！也因為如此，許多詩人以詠蟬來比喻人的品格高潔。名作家朱自清也曾在〈荷塘月色〉文中提到夜蟬鳴叫，還引起一番小小的筆戰。這樣你總該明白這場演奏會的主辦單位誠意實在感天動地了，請來這位稀世男高音，用牠被上帝親吻的腹腔歌頌夏夜。

說起聽雨，我還有一回美妙的經歷。那是今年五月下旬，梅子黃時雨一下數日未歇，那時每日夜晚熄燈後臥床聽雨，聽到的卻不只是柔美的輕聲細語，那蟲叫蛙鳴在溝渠潺潺水聲的伴奏下進行著二部重唱，宛如天籟合唱團吟唱著安眠曲，我總在演唱會結束前便已安然入夢。

兒子，爸爸雖然在集集鄉間度過童年，幾十年的都會生活已使我遺忘如何與大自然相處，縱使常和你母親帶著你到溪頭森林遊樂區健行，也只是圖個汗流浹背，來去皆匆匆。從沒想到竟會在服刑時澈底回歸大自然，過起耕讀般的半隱居生活。日復一日的勞動讓人疲憊，卻也令人的靈魂安歇下來，從容悠閒地欣賞眼前的自然美景，心完完全全靜了下來。就這一靜，我聽見了花開花落，雲捲雲舒，月圓月缺，春去春來。彷彿花東縱谷外的紅塵俗世已與我無關，而身外的一切即是浮雲。所以囉，我也因此聽見雨中的旋律。

有句話這麼說：「情致淡方見，人生慢始長。」真的，人需要把生命的腳步放慢，如同古人騎著驢遊山玩水，眼中瞧見的是一幅山水名畫，心中感動的是千古情懷。走一趟環島之旅也許要花上一年半載，但肯定是處處見情，把心的根都扎在這片土地上了，能不開花結果嗎？搭著高鐵半日往來北高，想的是工作，追的是商機，這麼一個來回，兒子，你能見到什麼呢？

爸爸好想告訴你，人生之旅最精采的是沿途的景色，而不是目的地。別急，慢慢走，好好看喔。

7/18

孩子：

昨天我超興奮的，國中同學林阿姨和她丈夫來外役監探望我。哇！真是有朋自遠方來，彰化開車到鹿野得要六到七個小時，無法想像她會出現在這裡，但眼前所站的是她，不由得不信。

她說帶兩個孩子來臺東玩，順道繞過來，代表國中同學們來看我。我聽完這番開場白，心裡頭的愧疚少了些，幸好不是專程遠道而來。不過雖說如此，在三十分鐘的會客時間中，我數度語帶哽咽，眼眶泛淚。一個交往了三十五年的老友，她的到來還代表著十數位至少交往了三十五年的朋友，其中有幾位甚至已相識逾四十年，人生實在該知足，應該要感恩，相信不是每個人都能像我一樣，擁有這許多如琥珀般晶瑩剔透的陳年佳釀，罈罈打開都是一段濃醇的生命故事，平凡，卻悠悠動人，越陳越香。

你會不會想知道，為何爸爸才可以擁有如此悠長動人的友誼？而且不是幾位，是十來位。說起這段往事，要從你爺爺開始聊了。

集集是個偏僻的小鎮，鎮上只有一所國中，你爺爺在民國六十年由新竹縣新埔鎮照門國中調到集集國中擔任校長，一待就是十一年半。我是在六十八年夏天進入集集國中就讀，被編在一年忠班，當時叫作好班，也就是升學班，同年級尚有六個班，都是所謂的「放牛班」。

好班的導師對學生要求十分嚴格，每天從早到晚都在讀書，美術、工藝、體育等課程也都被用來考試，晚上還要到學校晚自習至九點半，同學們都被壓得喘不過氣。

當時我正值青春年少，叛逆心十分強烈，搞不清楚怎麼日子會變成這樣，也弄不懂為什麼一定要念書，於是在學校出現了反彈的舉止，動不動就和導師唱反調，行為也開始偏差，抽菸、打架、嚼檳榔等不當行為一一浮現。不過因為你爺爺是校長，訓導主任和班導都極盡所能地包容我，未依校規嚴懲，倒是你爺爺動不動就要記我大過，以儆效尤，還得其他老師為我求情才作罷。其實當時心理困惑掙扎的人不只是我，許多人的心情都和我一樣懵懂，見我如此吵鬧，便有樣學樣地也與導師對抗起來，我順理成章地當上反抗軍首領。

這一場荒謬的師生大戰一打就是兩年半，直到我隨你爺爺遷居埔里才告終。後來我在埔里跟不上功課，又獨自回到集集住，把國三下念完了，但大考在即，似乎沒有人再去問念書要幹什麼，反正念就是了。

現今與我還有緊密聯絡的國中同學有十來位，男女皆有，都是當年「反抗軍」的成員。也許是曾經一起叛逆過，聯手逞著年少的無知和青澀，步出校園後我們從未斷過聯繫，每個人有著不同的命運，分別走向各自的生活之路，天南地北任風吹，但彼此的心卻從未分離，一直停留在民國六十年間古樸小鎮的巷弄間，清水畔，綠野中，在集體罰站的走廊上，深情裊裊，依依不捨。

我們年年開同學會，私下大夥也經常聚會，沒有理由，沒有目的，見了面也很少再談起年少的荒唐，但我深信大家這麼愛相會，是為了紀念已逝去的青春，哀悼不曾再有的輕狂，更重要的，我猜，也許是大夥都如忘機的海鳥，享受著最純淨的友情，暫時忘卻機關算盡的塵世，放懷暢飲縱情高歌，不知鬢髮已如霜。

親愛的，你小一時，我曾帶你和你母親回集集參加全年級同學會，一共七班，來了近百人，席開十幾桌，你有印象嗎?林阿姨昨天說八月十三日又將召集全年級同學會，大夥都著急地詢問：「北元來得及嗎?」他們竟然知道我假釋申請案已通過監務會議審查，這一分關心讓人感到榮幸，這一生能成為他們的國中同學。

我知道自己肯定來不及，可是望著林阿姨離去的背影，我的魂魄已出竅，想飛越中央山脈，回到我寄託青春的山水間。只是「天長路遠魂飛苦，夢魂不到關山難」，還得再等等。

孩子，下一次同學會，陪爸爸去，好嗎？叔叔阿姨們都想認識你呢！

7/19

孩子：

很早就想和你聊聊臺東的月色，可是一直苦無時間，也沒有適當的心境。今天是週六，近來雖常失眠，心情卻平靜如水，滿適合談風花雪月的，就來說說那一夜難以忘懷的動人月色吧。

「抬頭望月」在一般監獄的日子幾乎不可能的，移禁到臺東武陵外役監，監禁的日子有了本質上的改變。肅殺冰冷的鐵窗被移除，眼前盡是層巒疊嶂的山脈和青翠碧綠的田野。日日躬耕其上，雖豔陽似火，揮汗如雨，肉體卻可以在與土地親密接觸後，安歇於藍天為蓋、綠草如茵的大地上。陣陣涼風吹來，宛如少女的纖秀玉指輕撫過胸膛，那感覺怎一個「醉」字了得。

當然，改變的不只是白天的工作型態，夜裡的生活方式也不一樣了。

普通監獄在黃昏收封後，所有收容人都被趕入一間間仄小的牢房鎖上：武陵夜裡雖仍不免上鎖，卻僅是侷促在一座大四合院中，裡頭有個小中庭，熄燈就寢前收容人可以自由地在那裡頭散步或聊天。

就是這麼一點四方天空，讓我與天上人間分離多年的明月在此異地重逢。孩子，真的別以為老爸太誇張，囚犯失去的不僅僅是自由，而在這裡國家還給我些許情感上的感受力。

過去困居樊籠，銀河迢迢，我心悄悄，縱有萬種思量，多年來也只能藉飛星傳情，暗自傷懷。即使如今我有了全新的夜，也許是月兒不曉得我移禁外役監，或者她不清楚外役監的生活，總之，有好一段時間，我非常確信她沒瞧見人群中的我——那在燈火闌珊處仰望夜空的老情人。

可是，可是我怎能怨她呢？流年似水，而逝水無情，無論天上人間，在時間殘酷地擠壓下，都只能學著遺忘，心才不會變形。如今春去秋來多少回，再一次見到她，我的心劇烈地跳著，我的眼脈脈地望著，期待被發現的心情在乍暖還涼的季節裡萌長，在喜悲交錯的忐忑中銷魂，除了斷腸，無語了。

而她在我剛到武陵的那段日子裡，仍自顧自憐地月出東山，下西樓，蓮步盈盈，儀態嫻雅，卻難掩殘缺。只有夜鶯偶爾的歌唱，聊慰她的千古寂寞。直到有一天……

那一天我一如往常早早用完晚餐，回到床鋪上看書。不知經過多久，當我抬頭望向窗外，夜幕已然低垂，濛濛春雨新霽，正是華燈初上，晚風沁涼，福至心靈地記起歐陽脩的詞句，「月上柳梢頭，人約黃昏後」不就是此刻嗎？遂趁興起身下床，到中庭走走，赴個「約會」。

跨出寢室大門步入中庭，走沒兩步便下意識抬起頭來瞧瞧天上的她。就這麼再稀鬆平常不過的一瞅，心頭頓時一熱，眼眶泛淚。我倆的眼波在黑夜中浪漫地遭遇，恰似金風玉露一相逢，真箇是勝卻人間無數。

當時雨罷新晴，夜空纖塵未染，她在孤星的陪伴下裊裊深情地躺臥在屋脊上，圓圓碩碩的，有如攝影棚裡的背景畫布那般不真實，明明該是遠在天邊，卻怎麼看都是近在眼前。我難以置信地揉揉眼，定睛再看，她今夜真的好圓，圓得豐腴有致；她真的好亮，灑下滿地清輝；水水嫩嫩的臉龐，直是雪膩酥香的冰肌，通體清潤的光亮，便是那晶瑩剔透的夜明珠了。

我忍不住讚嘆起她今夜的新妝。她知道我目難轉睛，趁著一抹疏雲飄過，竟不勝嬌羞地躲到雲裡，看似欲走，腳步還留。她這麼一藏、一走、一留，回眸間梨渦才動便惹得疏雲情思暗湧，遐想無限。經不起雲兒一番瞎猜，她絳唇微抿，頭兒輕垂，香腮澄黃朵朵，在氤氳中若隱若現，像是青紗帳中芙蓉出浴的美女，慵懶無力，雲鬢微亂，嬌痴倚枕，等候良人。

我就如此痴痴地望著。

望著、望著——

呆呆地守著、守著、守著——

剎那間，我彷彿穿越了千年的時空，在黑魅魅的隧道中依稀見到「欲上青天攬明月」的李白，「滄海月明珠有淚」的李商隱，「月出驚山鳥」的王維，「月湧大江流」的杜甫。回到現實前，更聽到見不著明月的蘇軾，獨自一邊喝著悶酒一邊問青天：「明月幾時有？」

我終於明白，千百年來愛上她的人竟如此之眾，又個個深情款款地訴說情懷，無怨無尤。余光中說，單是個酒入豪腸的詩仙李白開口一嘯，七分便都釀成了月光，我這百代過客又何必愛得太執著呢？心裡頭有個寄託就成了。正如朱自清所言：「一個人在這滄茫的月下，什麼都可以想，什麼都可以不想，便覺得是個自由的人。」

當夜晚點名就寢後，一闔眼便是那婀娜多姿、風情萬種的月，這教我如何能睡？索性起身展書再讀，趁著眼睛發澀趕緊躺下試著再睡。唉！畢竟已不成眠，果真勉強不來，幽長如歲的夜最適合讀詩了。於是信手取來席慕蓉的詩集翻閱，沒想到竟又是她：

故鄉的歌是一支清遠的笛
總在有月亮的晚上響起
故鄉的面貌卻是一種模糊的悵惘

彷彿霧裡的揮手別離
離別後
鄉愁是一棵沒有年輪的樹
永不老去

孩子，爸爸這一輩子都無法忘記那一夜的動人月色。

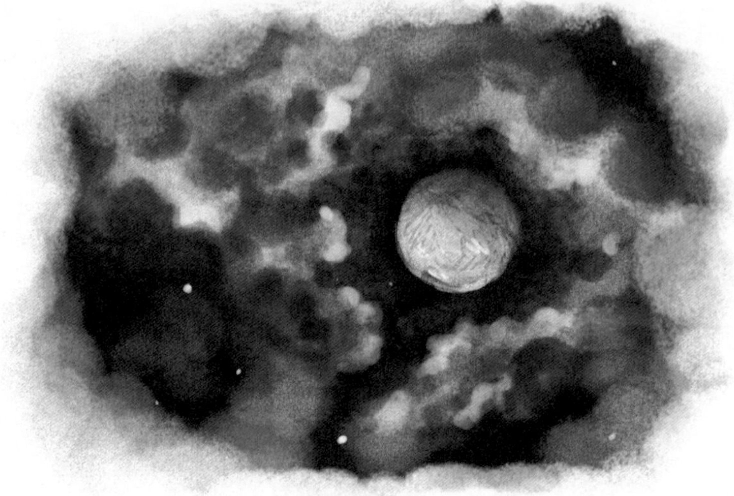

7/20

孩子：

記得我曾和你聊過一個很重要的人生課題——獨處。但今日我讀一讀那封信，發現自己沒把獨處的核心價值說清楚，便想再與你談談「獨處」這個問題，也順便一提如何能認識自己。

獨處，其實是一種狀態，當一個人處在獨處的狀態時，他便是在面對自己的孤獨感。它是人類最原始的情感，有趣的是，它也是人類最想擺脫的情感，因為人人都討厭孤獨、害怕寂寞。歷史上最寂寞孤獨的人，要算是唐代詩人陳子昂了，他在〈登幽州臺歌〉中道出：「前不見古人，後不見來者。念天地之悠悠，獨愴然而涕下。」的千古寂寞，真是無人能及。但很明顯的，他的悲嘆正在告訴人們，他並不喜歡孤獨。

也許，要一個人孤單地過一生確實淒涼而殘忍，不過，學習在生活中給自己一些時間與空間和自己的靈魂獨處，卻是必要的孤單。徐志摩曾經說過：「單獨是任何發現的第一個要件，你要發見你朋友的『真』，你得有與他單獨的機會。你要發見你自己的真，你得給你自己一個單獨的機會。你要發見一個地方，你也得有單獨玩的機會。」這話說得多透澈，是不是？孩子。你想多認識一位女孩，得約她單獨見面，一大群人出外遊玩，不會有真正認識的機會。所以，你若想多認識自己一些，也得多給自己獨處的時間。

在七月七日的信中，我告訴你：能夠獨處的人才能真正去愛一個人。這是因為懂得獨處的人才能抵擋外界的一切誘惑，將平淡如水的日子守得雲開霧散，甚至甘之如飴。其實，你一旦可以獨處，不但能擁有堅定不移、牢不可破的愛，生活也會更平安幸福。這其中最重要的關鍵在於，獨處給了你認識自己的機會。

要完全認識別人已經很不容易，想要充分認識自己更是困難，可是爸爸發現，長期處在監禁狀態下，人的注意力會被迫從外界移轉到自己身上，開始內觀自己的內心世界。由於監獄的生活環境是被刻意打造控制的，每天的活動完全相同，一再重覆的日子，最有利於觀察自己心理的變化對現實生活的影響，我發現了自己的嫉妒、自卑、驕傲、貪求、吝嗇、自私、易怒、焦慮等等人性的陰暗面，搞明白了自己到底是怎麼樣的一個人。

日本電影大導演黑澤明的自傳《蛤蟆的油》，這個名稱取材自日本的民間傳說。相傳日本有一種蛤蟆長相奇醜，將其放在鏡子前面，看到自己醜陋無比的外表，都會嚇出一身油。這種油便是日本民間相傳，可以治療燒燙傷的珍稀藥材。黑澤明的自傳會以此為名，乃是在比喻自己不過是隻站在鏡子面前的癩蛤蟆，發現著自己種種的不堪。爸爸相信，黑澤明在電影世界的偉大，就是他謙卑地去認識自己的一切，坦承地面對自己內心的汙濁，所以能成就如《羅生門》這樣刻劃人性自我虛飾的傑作。

另外一位日本知名作家三浦綾子曾說：「我們都認為，自己的眼睛看得很清楚。不過，我們自己到底看到什麼呢？我們自己的缺陷可以看得清楚嗎？所能看到的豈不是只有別人的缺陷嗎？我們能夠看到自己應當如何生活嗎？」孩子，如果三浦綾子所提出的幾個問題會讓你啞口無言，那還不趕緊一個人站到鏡子前面，好好端詳端詳自己的樣子！

我明白獨處對每個人都是辛苦的，時間一長甚至是駭人的，寂寞空虛會像是宇宙中的黑洞，吞噬掉一切，能量將被吸光，靈魂則陷入虛無的暗黑空間，無力逃脫。然而，這也是重新鍾鍊心性的契機，只要敞開心胸讓寂寞空虛入住，認真用心和它相處，事實上它並不像外表那麼可怕，反而它會領著人去認識自己，反省自己，最終使自己謙卑下來度日。有朝一日若有人願意攜手同行人生路，豈會不珍惜呢？豈不會濃時相濡以沫、淡時相敬如賓嗎？

獨處的奧妙我是被環境所迫而去挖掘，但一旦找到真相，連囚禁都無法再使我害怕沮喪，反而腳步堅定地一步步朝監獄大門走出去。你千萬別排拒獨處，生命最初的狀態本是獨自一人來到這個世界，也唯有回到原始狀態下，你才能真正看見自己。我很愛你，孩子，但你必須自己走過孤獨，才會真正長大。記好了：「孤獨，是一個人的狂歡；狂歡，是一群人的孤單。」

7/21

孩子：

從上週開始，武陵這邊的鳳梨進入了採收季，平日負責鳳梨田的農藝組與新收（一）、（二）組全部都動了起來，每日清晨五點即整裝出工，有時回到明德莊休息已是夜裡七點。畜牧組雖不支援鳳梨採收，然而我們的工寮和農藝組的毗鄰而居，自田間採集的鳳梨全運到工寮門口拆紙袋、分類、秤重、裝箱，畜牧組也不便袖手旁觀，於是在餵完雞後，我便被指派去支援農藝組拆袋分類，一做好幾天。

和在熾熱的太陽下採收鳳梨相較，坐在樹蔭下拆袋分類的工作實在輕鬆，只是鳳梨頭上刺人的葉子將前臂割得傷痕累累，搔癢難耐。原來收割送來分類的鳳梨，頭上惱人的葉子還未割除，於是縱使戴著棉布手套工作，前臂仍難逃被劃破。

夜裡回到明德莊休息，飯後躺在床上為受傷的手臂抹上藥膏消炎止癢，心裡頭暗暗想起一年多前剛到武陵外役監的日子。我在新牧組待了大概一個半月的時間，工作內容只有一項，那就是到田間除草，或持鐮刀，或拿鋤頭，有時還得背上割草機。殺進草叢與雜草軍團決一死戰。

當時田裡就二種作物，一是洛神花，另一個便是鳳梨。洛神花才剛栽種到田壟上，為幼小的花苗除草並不困難，不過是日頭太盛，田壟太長才使人精疲力竭；然而為已栽種相當時日的鳳梨除草，就完全不是那麼回事了。太陽是一樣地大，田壟是一樣地長，拿著鐮刀在鳳梨間清除雜草，不但體力流失速度驚人，手臂上更被割得幾乎是體無完膚，又刺又癢。夜晚躺在床上，總是藥不離手，東塗西抹的，為來日的工作保養雙手。

有一回夜裡，也許是手臂的刺痛感作祟，我忍不住在心裡咕噥咕噥地抱怨起來：為鳳梨除草是為它好，為什麼它還要刺我呢？這似乎是一個很愚蠢的抱怨，在除草的過程中，鳳梨就只是動也不動地佇立地上，任憑我拿著鐮刀四處修整；明明白白地是我的手主動往它帶刺的葉片上靠過去，這手臂上的傷純粹是自找的，與它可是毫無瓜葛。

兒子，老爸的埋怨固然可笑，可是於現實生活中為愛而受傷害時，受傷的人老是振振有詞地說：「我是為你好耶。」接下來不免是叨叨絮絮的一陣埋怨，甚至於是責備。你會這樣嗎？孩子。不瞞你說，我一直都是這樣的人，心裡有個「我對你好，你也要同樣對待我」的邏輯，或者「我是為你好，你該聽我的話」的思維，這次總算是被鳳梨扎醒了，原來，愛從來都是一個人的事。

是的，期待得到回應或回報的付出那不是愛，是一種帶有條件的給予，當預期中的回應或回報沒有出現，所有的付出都會停止。好孩子，真心的愛是無條件的付出，而且無怨無悔。如同你奶奶，不論我是日進斗金的大律師，抑或人人鄙棄的殺人犯，她對我的愛永遠像是潺潺的溪水，日夜淙淙作響，敲擊著我的心田。

我曾經利用黃明鎮牧師來訪的機會，和這位神的忠僕、智慧的長者談起這件事，他說到在花蓮信望愛學園的輔導經歷，關懷行為偏差的中輟生，常常會遭遇非常不禮貌的對待，就像我在鳳梨田除草，卻被刺得滿手是傷。黃牧師還告訴我，愛固然是付出，可是汩汩流淌的愛，是需要一顆恆久忍耐的心來支撐的，才能持續不斷。孩子，黃牧師為了帶領校園裡的學生改正行為，七十歲的高齡還和他們一起學騎獨輪車，一起騎獨輪車環島。他恆久無私的大愛，讓他不只是監獄天使，還成了白髮飛行少年。諾貝爾和平獎得主德雷莎修女的名言：「愛，直到受傷害。」是句令人扎心的話語，黃牧師真的做到了。

寶貝兒子，有一天你若愛上一個女孩，記得，要把自己的愛化為對她生命的祝福。她回應你的愛時，好好珍惜相濡以沫的每一刻；她的愛消逝了，毫無怨恨地揮手道別。別捨不得自己曾經付出的一切，這本來就是一個人的事，更何況在付出的過程中，你的人生會因此而更加充實飽滿，既不愧對青春，也距離幸福更近一步。

希望有一天能帶你到臺東來看看那片扎心的鳳梨田。

晚安！

7/22

孩子：

你說好不好玩？昨天才和你聊起鳳梨，今天下午收封前全組又被派去支援農藝組，協助鳳梨的採收作業，這一忙竟持續到晚上八點半才結束。這都得怪中度颱風麥德姆，因為它直撲臺灣，我們得搶收鳳梨，以免一年的心血付諸流水。據估計，光是昨天一整天下來，採收了超過上萬顆的鳳梨，難怪我只負責拆紙袋便拆到手發軟。

其實我們畜牧組本來是可以躲過這次搶收工作。那天下午大夥已收工洗完澡，正準備整隊返回明德莊休息，科員突然騎機車出現在工寮門口，指示我們去隔壁支援農藝組。憑良心講，科員突如其來的命令大家都十分錯愕，也非常不情願，可是我們心裡都明白，犯人就是要認命地做，沒多久所有人就又重新換上工作服，殺向堆積如山的鳳梨。當下我真的可以感受到自己竟怒恨起鳳梨來，邊拆紙袋邊發誓這輩子絕不再吃鳳梨。

你信不信？孩子，我的身體原是隨著夕陽的腳步越發地疲憊，但是當大地完全籠罩在黑夜中，我的精神卻亢奮到了極點。真的，人的聰明智慧真的有限，被留下來工作的那一刻，心中充滿抱怨，然而夜的簾幕放下後，我才懂得被留在田野間加夜班，是上帝美好的安排。

我們加班的地方幾乎沒有照明設備，唯有屋簷下一盞四十燭光的日光燈，在晚霞消逝於天際線後，勉強地放出光亮，供大夥在昏暗中工作。我面對著一堆堆尚帶著日照餘溫的鳳梨埋頭苦幹，對於周遭景物的變換完全沒去留心，直到黑暗中聽到有人說：好多星星喔。我才連忙抬起頭瞧一下漆黑的夜空，想看看是有幾顆星星掛在上頭，值得這麼大呼小叫的。這頭一抬，心中一聲：哎呦，這滿天全都是星星，密密麻麻的，閃閃亮亮的，這回換我大呼小叫了：

「哇！大家看，好多星星，好漂亮啊！」這一喊叫，所有人都暫停手邊的工作，把視線投向天際，接著發出一陣陣讚嘆之聲。

數不清有多少年，未曾見到如此壯觀耀眼的星海，我想至少有三十年吧，從搬離開集集後，就再也沒有任何與星星有關的記憶。寶貝，你出生長成在臺灣西部都會區，恐怕迄今都無緣見到這一幅大自然的動人畫作。

臺東的夜空實在太清朗了，無雲無煙，又無任何工業或車輛廢氣的汙染，我人又身處荒郊野外，而無光害之虞，在這片乾淨的土地上，大自然回報給人們的是無窮無盡，晶瑩剔透，如海沙般不可勝數的明亮星空。仰望這片寶藏，我心中竟升起想探索宇宙奧祕的豪情壯志，想必許多投入太空科學研究的專家，也是被這幅壯麗的美景所感動，而窮極一生之力想去揭開它的神祕面紗。

哈哈！我已老囉，那分壯心是屬於你們年輕人的，這片大自然的景致才是我的，蘇軾在〈赤壁賦〉中曾說：「且夫天地之間，物各有主，苟非吾之所有，雖一毫而莫取。唯江上之清風，與山間之明月，耳得之而為聲，目遇之而成色，取之不盡，用之不竭。是造物者之無盡藏也。」是呀，孩子，江山風月是造物者白白送給人類的禮物，它不屬於任何人所有，有閒有情的人，便能當它的主人。

爸爸是囚犯，也是世間閒客，今夜的星空能不因我的多情而更加燦爛奪目嗎？

7/23

孩子：

一個人從家庭步入學校，代表著開始學習過團體生活，和一大群人分享相同的生活環境，接收相同的訊息，同學之間更容易彼此相互模仿，進而造就出相近的行為或觀念。原本大家都來自於不同的家庭，各有不一樣的家庭生活，到了學校後卻能很快地融合，發展出一套集體意識，這就是群體的力量。在群體中你絕對不會想凡事都和別人不一樣，譬如穿不同的校服，不會玩大家喜歡的遊戲，聽不懂同學在聊的熱門話題；相反地，你會渴望著能與同學們玩一樣的遊戲，喜歡相同的事物，加入大家的話題。

我可以清楚地觀察到這個現象，卻無法解釋它，僅是隱隱約約地感受到每個群體都有一股制約人的力量，使身處這個群體的人主動地或被動地跟隨那股力量。你若問我這種情況是好還是不好，以前我可能沒有太多想法，但是踏入監獄後，這股制約人心的力量幾乎讓我慘遭滅頂，淹沒在監獄的生活文化中；也因為有過刻骨銘心的努力和堅持，我才會想寫信與你談這麼一個話題。

從小到大我一直生長於正常的家庭及學校環境，思想觀念和行為舉止也不脫於社會的主流價值觀，所以不論我身在何處，總能很快地融入群體，和樂地與人交往。葉銘進叔叔和我深交數十年，非常明白我在群體生活中的從善如流，因此，我剛移至臺中監獄服刑時，他對我在團體生活的人際互動毫不擔心，結果，他錯了。

爸爸在監獄裡面遭遇的狀況，實際上沒有誰對誰錯的問題，這一點你必須先認清楚，才能真正了解我想傳遞給你的訊息。OK？

就我所見，監獄裡頭的收容人絕大多數長成於問題家庭或者破碎家庭，不但教育水平偏低，家族犯罪的情況也很普遍。這群有極相似生活背景的人被集中到監獄，很自然地形成一種迥異於其他族群的生活文化，並成為監獄生活的主流價值觀。我會用「次文化」來形容監獄主流文化，並無貶低之意，而是在生活的表象上另有以法律及監規創造出來的表面秩序在敷衍著官方，犯人間的生活文化自然可以「次一等」了。

在這樣特殊的生活環境中過著群體生活，我有如外星人搭錯飛碟，意外地來到完全陌生的星球，樣樣事都得從頭開始學習，思考、言語、行為全部都要改變，直到沒人能感受到我的特殊性，而在尚未完全融入之前，只好沉默寡言，少動少錯。但縱使是如此小心翼翼地生活，我仍然常常「犯錯」，動不動就被排擠，可是我不敢作聲，生怕鬧出更大的問題來。

日子一天一天地過，我越來越像他們。可是，我的內心堅持著。外在的言語行為成了生存必要的保護色，骨子裡我嚮往著人活在自由世界中的基本尊重和價值，那是人性尊嚴的出發點，我必須守著它，用沉默、冷漠掩護它。

移到外役監，這邊的收容人來自全國各監獄，在精挑細選之後，整體素質提升許多，監獄的次文化卻依然占了人數上的優勢，我依舊在生活中被排擠。

可是，這一回爸爸沒有再沉默，於禱告中得到上帝所賜與的勇氣，用言語表達出我所守護的人性尊嚴，以不合作來彰顯我的堅持，對於意圖控制爸爸生活的惡者給予嚴厲斥責，他不敢動用暴力，便是輸了。

看到這裡，孩子，你是否替我捏把冷汗？沒錯，我因此一度在生活上受到排擠，腰椎承受了許多的重量，我咬牙硬撐，最終沒有人願意（或是膽敢吧）和我多說一句話。在巨大的生活壓力下，經歷心理的恐懼、掙扎，我幾乎想要屈服，可是當走到了孤獨的臨界點時，心靈漸漸產生蛻變，恐懼消失了，壓力卸下了，取而代之的是喜樂而自信地享受一個人的狂歡派對。

寶貝，你可知爸爸的心靈為何最終有如此的轉變？是苦難。人生的苦難在過去的六年間磨掉了我的憂鬱氣質，為我穿上樂觀的外衣。我總提醒自己，苦難不會是永遠的，既然它必有離去的一天，為何不樂觀看待它呢？把苦難當作是心靈的磨刀石，生命的監督者，於苦難結束時，好好數算自己從跌倒的地上拾起了什麼。

這些年來我反覆在一次又一次的生活挫折中操練著這個想法，然而它不單是個想法，還是一種人生的境界。也許這次我遭受的排斥太強烈了，心靈的昇華成了唯一的出口，強迫成長成了極痛中的甜美果實。當我可以微笑面對被孤立的生活，感覺自己已經站在山頭上俯瞰山下對我指指點點的人們，我真心謝謝他們。

前些年讀英文時曾見到美國知名大作家梭羅深富哲理的一句話，當下把它抄錄下來，如今正可送給你。他說：「If a man loses pace with his companions, perhaps it is because he hears a different drummer.（如果一個人的步伐和他的同伴不一樣，或許那是因為他聽到了不同的鼓聲。）」喔！孩子，與其盲目地追隨群體的腳步，爸爸寧可你勇敢地踏出自己的步伐。縱使明日天寒地凍，影單形孤，你還有我。

7/24

孩子：

麥德姆颱風已經遠離，蒼茫身影的背後，留下滿目瘡痍的大地。雨停了，農民的淚才剛開始流。

用晚餐時順便看了一段電視新聞，記者正報導著屏東東港地區淹大水，水深及膝，爸爸立刻想到葉銘進叔叔。他的老家就在東港鎮上，父母親年紀也不小了，不知是否平安？緊張一陣子後突然記起葉叔叔二位兄長都住在老家，有他們在身邊，兩老肯定不會有事的。

你曉得葉叔叔家裡是做什麼的嗎？也許你母親沒跟你提過，葉叔叔的父親以前是漁船船長，但更有趣的是，他岳父也是漁船船長。他們兩家的交情是從海上開始延伸到陸地，由世交演變成親家。葉叔叔的父親於十來年前罹患咽喉癌後退休，把漁船賣了；岳父身體健朗，仍逐浪於海上。

談起打漁，我想起今年六月的某一夜，客家電視臺節目《客庄好味道》主持人明珠到桃園永安漁港，採訪一位專門捕撈小卷的漁船船長，並隨他出海體驗捕撈作業，從午後出港一直到凌晨天色將明才返回。

回到港口，折騰了一夜的主持人明珠難掩倦容，勉強打起精神問船長一個問題：捕小卷這麼辛苦，你為什麼要選擇這份工作？我猜受訪船長是第一次面對鏡頭，表情有些靦腆，不過回答的語氣十分堅定，「這份工作是父親傳下來的。」他接著回憶起父親當年的話語：「他告訴我，這一生沒能留下什麼東西給我，就只有這一片大海，交給我去經營。」不曉得怎麼回事，看完這一段問答，我的情緒頓時高亢起來，心想：這是怎樣的一種情懷，能如此大氣地把大海傳承給自己的孩子？我閉上眼思想那一片海闊天空，揣摩起那種心境，終於，我在古代的俠客形象上找到了那分壯心豪情。

是的，唯有以海為家的漁俠，才會將空茫的大海視為一生中最珍貴的財產，慎慎重重地傳承給下一代，如同俠客把江湖交給自己畢生絕學的傳人。口裡說的是將大海傳給孩子，實際交出的棒子是巡弋四海的俠客精神，我想像著，漁俠將捕魚的網撒入海中，拉上船的卻是滿滿一網又一網的深情。

葉叔叔的妻子小玉阿姨家世代捕魚，迄今，她父親還領著兒子遨遊於天光水影間。表面上掙的是養家餬口的需求，我猜想他們心裡也許正逞著長風破浪的豪情，海到天邊天作岸；更也許是這一分只存在於男人心中的情感，讓破了又補的漁網可以代代相傳，傳承捕魚的技術，也傳承生活方式，更重要的是傳承專屬於大海的人生觀，那種也只會在漁俠身上顯現的朗闊胸懷和天真無畏的笑容。

孩子，你可曾察覺，父子之間的連繫遠遠超過生物遺傳作用的想像，所以傳承的故事才會在許許多多的父子之間上演，薪火相傳、生生不息。有愛上大海的父親，就會有無法忘情水天共一色的孩子。你爺爺一生熱愛中國古典文學，爸爸縱使讀了二十年的法律，到頭來竟還剪不斷與詩詞的緣分，那是上一代的情愫，延續到今生的糾結交纏。四十年前，古樸小鎮中的一幢日式房舍，在夜裡總會傳出二個小男孩背書的童聲，「怒髮衝冠憑欄處，瀟瀟雨歇……」一直到長大後我和你大伯才搞清楚，那生氣時頭髮會翹起來的岳飛是誰。

民國一百年秋，當時你才剛升上國三，中秋節前夕我收到你醞釀多年的一封信，內容引經據典，是篇好文章。曾聽說你對功課有些懶散，只能說你這手文筆真是爺孫之間不為人知的祕密了。一〇三年八月爸爸自外役監第一次放假，我們父子倆分隔多年，在新竹你大伯家重逢。興高采烈地聊天中，你告訴大家，未來大學要念法律系，畢業後當律師。欣慰之餘，當下我便瞧見連繫著我們倆的無形線路正亮晃晃地進行著傳輸。

你看見了嗎？親愛的。

7/25

孩子：

爸爸一直很想問你：若是有人做出對不起你的事，你會怎麼處理？譬如說你的朋友答應為你保守祕密，事後卻四處宣揚你的糗事。當你從其他人的口中知道他出賣了你，你會怎麼辦？

想與你談論這方面的想法，是因為爸爸前半生經常為「恨」所苦，為「恨」所支配奴役，不是個真正的自由人。於是，在服刑中不斷自省檢討過去的「恨」源，希望可以在這方面有所改變，下半生當個快樂的自由人。你若想知道過去的數十年爸爸是如何被「恨」荼毒，不妨問問你母親，她總是叨念著我是個「有仇必報」的爛人。

我知道你現在心裡在想什麼，聊這個話題並不是想對你傳講自己的宗教信仰，而是希望你的人生多一些愛的力量，少一些恨的苦毒。畢竟只有愛才能化解心中的苦毒，恨不過是惡魔生長的溫床。一旦心存報復，便是為惡魔的成長澆灌養分，終有一日心中的惡魔會大到成為宿主的主人。到那時生命就澈底失控發瘋了。你年紀還輕，可能尚未讀過莎士比亞的曠世悲劇——《哈姆雷特》，劇中王子的復仇之心最終毀滅了一切。然而爸爸瘋狂地犯下殺人罪行，重重地毀壞你美好的童年，你不能不戒慎恐懼仇恨的暗黑勢力。

就我自己在獄中的省思和領悟，人生要避免仇恨的肆虐，得先要學會饒恕的功夫，一旦懂得如何去饒恕，再來求少起恨心的人生修為，畢竟少愁少恨之後，要饒恕的也就少了。

說起饒恕，《聖經》中有一則故事，我先說給你聽。有一天，一群想為難耶穌的人，帶著一個在姦淫時當場被活逮的婦人去見祂。找著耶穌，這群人要婦人站立在人群當中，便有人開口問耶穌說：按照摩西傳下來的法律，我們應該用石頭把這樣的婦人打死，你認為這件事該怎麼辦？耶穌起初懶得理這群無知的人，兀自彎著腰在地上畫字，但他們不住地問，耶穌便直起腰來，對人類以惡報惡，以牙還牙的仇恨心開了驚天動地的第一槍，祂說：「你們中間誰是沒有罪的，誰就可以先拿石頭打她。」說完話，耶穌又彎下腰在地上畫字。眾人聽到這話，從老到少，一個接著一個離去，只剩下耶穌一人，還有那婦人還站在原地。

這時耶穌直起腰來，對她說：「婦人，那些人在哪裡呢？沒有人定你的罪嗎？」她說：「主啊，沒有。」耶穌說：「我也不定你的罪。去吧，從此不要再犯罪了！」

是的，這世界上沒有任何一個人是完美的，連一個都沒有。既然每個人都會犯錯，誰有資格去論斷別人的是非對錯呢？還不趕緊彼此饒恕嗎？今日你不饒恕別人，他日別人也不會饒恕你，甚至連上帝也不會。

應該是爸爸犯下的錯誤太大了，我日日祈求被害人家屬的饒恕，祈求家人的原諒，盼望社會大眾的寬容，所以我會比較有同理心去思考「期待被饒恕的心情」。有一回，我洗完澡將水桶放回原位離去後，突然想起剛洗乾淨的衣服忘在桶子裡未晾，遂轉頭朝置物架走去，未料，卻恰巧撞見同學從我的水桶中拿出洗衣粉倒入他自己的罐子內。我走到他面前時，他察覺到我的出現，我倆目光交會三秒，然後我選擇若無其事地離開。

夜裡我在床鋪上看書，那位同學帶了一瓶麥香紅茶坐在鋪上，除了請我喝紅茶外，還閒聊了一會兒。他自始至終沒提到傍晚「借用」洗衣粉的事，我也從頭到尾當作什麼事都沒發生。之後，他若見我晚上於餐廳泡麵，都會客氣地過來要幫我洗碗，而我只在第一次接受他的好意，其後便都婉謝了。

這是我信仰基督後首度操練這門饒恕的功課，感覺很棒。我可以澈底地從心中放下這件曾經令我不悅的事，不必再把注意力放在冒犯者的身上，伺機報復，同時也贏得一段友誼。孩子，心頭上沒有恨的生活真是輕鬆啊！

可是饒恕這門功課的學習是一輩子的事，雖然我經歷了美好的饒恕經驗，但這之後我仍有許多情況沒有處理好，被別人冒犯還是不免會有情緒，生活上的注意力因此被恨意吸引，日子也就沒能快樂地過。目前我的實際操練狀況是按照《聖經》的教導，每日替我討厭的人禱告，為他們的幸福平安向上帝祈求。剛開始心中的抗拒力十分強大，為他們的益處祈求的話語幾乎說不出口。還好，幾次之後這件事就成了每日晨禱的固定內容，內心不再有抵抗，順服於主的面前。

已故的南非黑人領袖曼德拉在就任總統時，邀請在羅本島看守他的警衛當他的貴賓，並說：「在走出囚室，經過通往自由的監獄大門那一刻，如果不能把悲傷和怨恨留在身後，那麼我其實仍在坐牢。」（I walked out the door toward the gate that would lead to my freedom, I knew if I didn't leave my bitterness and hatred behind, I'd still be in prison.）

親愛的孩子，饒恕不僅是一種心靈的寬容，也是實際生活中愛恨行為的轉換，不可只是坐而言，必須起而行，於真實的操練中學習再學習。這是場與邪惡勢力的殊死決戰，如同在《哈姆雷特》中最有名的一句話：生存還是毀滅，這就是問題（To be, or not to be; that's the question）。你是勇敢的光明戰士，上吧！

7/26

孩子：

很快地一個禮拜又過了，下週將進入八月，我的假釋申請准否即將揭曉。這一陣子內心有些忐忑，不過一切平安，依靠著主耶穌，相信爸爸的未來肯定是美好的，榮神益主的，准與不准皆是祂的計畫。

上午我的雞舍進行颱風過後的環境整理，我拿著砍刀修整一棵倒地的大樹，準備運出雞舍。未料，一結束工作便發現右手大拇指失去氣力，完全用不上力，我當下驚覺到可能是頸椎出大狀況，心中十分恐懼，連帶著說話口型的問題都感覺加重了。休息二個多小時，似乎有那麼一絲改善，然而拿起筆來試寫，既吃力，字也歪七扭八的。孩子，對不起，字寫草不是我能控制，但我會盡力寫出一筆一畫，更不會停止寫信的動作，其他不是我能決定的事，就交給神吧！只是覺得自己闞老了，不知還能陪你多久？

爸爸就快能假釋回鄉，雖是重獲自由，卻一無所有，得像個初入社會的年輕小夥子一樣事事從頭開始，但我又年近五十，要拿什麼和年輕人競爭呢？回想起自己退伍回到臺中創業的艱辛，不禁想問問自己：還有機會再成功一次嗎？憑良心說，入了律師這一行，爸爸才知道原來自己的能力高人一等，同樣的案件，我總能比對方律師多看出些門道，謀劃得更深遠，出手的角度更犀利；不論開庭或談判，臨場的反應與機智更是我的強項。

在我剛創業時，你嬸嬸的大哥曾介紹一位中醫師給我，他於看診時間談的一番話，給了我深遠的影響，迄今我依然感念著這位劉醫師。劉醫師的診所在霧峰鄉間，位置有點偏僻卻生意興隆，我當時椎間盤的問題剛發作，四處求醫問診，你嬸嬸的大哥便帶我去見劉醫師，幾次門診治療彼此熟識起來，他還私下請我吃了幾頓便飯。

記得有回於晚飯席間，他聽我談起來自南投鄉下，又是外省籍第二代，在臺中沒什麼地方基礎，律師工作拓展不易，便和我聊起他創立診所的心路歷程。讓我印象最深刻的是他用保證的口吻對我說：「北元，剛開始的五年內，你心中不要有賺錢的想法，一心一意把手上的工作做好，五年後錢自然會來找你。」當時我才剛入行，對劉醫師的這番話領略不深，但謹記在心，凡事以客戶的立場為優先考量，自己能從中收取多少費用則不必強求；此外，對於沒有立場的必敗案件，我則一概謝絕委託，絕不貪戀錢財。

幾年之後，我對劉醫師的那番話有了充分的體會。首先，自己因為謹守他的教導，建立了非常好的執業形象及聲譽，舊客戶不斷介紹新客戶，開業第三年爸爸的事務所收入便超過五百萬；更重要的是爸爸的應酬飯局很少，客戶關係的維繫完全以工作能力與信譽來進行。

其次，我深刻地體會到，專門職業技術人員以客為尊和以錢為主的工作態度有何差別。以客戶立場為主要考量的人，會為客戶思考出最簡單、有效又省錢的方案來解決問題；以收入多寡為出發點的人，則會刻意弄出一套繁複的方案來增加收費的金額，糟糕的不只是客戶被當冤大頭，往往案件的情況會越搞越差，甚至無可挽回。這一點我有時會在與自己對庭的律師身上發現。客戶也許一時間看不清楚狀況，但敗訴的結果必然使客戶重新檢視處理過程，他也許不會登門拆律師招牌，但惡名肯定是一傳十，十傳百。想建立執業信譽需要多年的努力，要破壞則不過是一朝一夕的工夫。

孩子，聊到這裡我想問：工作的目的是什麼？世界大藥廠默克公司的創辦人喬治·默克（George Merck）曾提醒他的員工：「永遠都不要忘記，藥物是為人而製造的，而不是為了盈利。盈利會隨之而來，正如我們記憶所及，盈利從來沒有消失過。」就律師工作來說，工作的目的是為客戶伸張其應得的法律上正義，除此之外，並無其他。至於客戶願意付多少錢聘請，那不是律師工作的目的，更不會是律師一廂情願地漫天索價可得。兒子，你認為什麼是收費高低的關鍵？是律師過去對這份工作的尊重和付出。

孩子，人人需要錢財，愛錢財也不是錯，有一天你也會用上它。請你牢記，切莫在錢的身後苦苦追逐，只要堅定地走好該走的路，它會不經意地出現在路旁，等待你來拾取。

7/27

孩子：

颱風才剛走，太陽馬上又占據了天空，我猜它該是遭受到可怕的打擊，才會如此瘋狂地射出日光。同學中有人打趣地說：今年的陽光不只是熱，還會咬人呢！說得真貼切，光是早上八點在中庭廣場集合點名出工，不到三分鐘，日光下曝晒的頭皮便如針刺蟻咬般刺刺痛痛的，這不是咬人是什麼！

再過二個禮拜，法務部的假釋審核結果就揭曉了，關滿七年的爸爸是真的滿心期待能在今夏重獲自由。看看和我一起盼望自由的其他受刑人，個個是眼眶發黑，我猜得到等待是磨人的，雖然地球自轉一圈還是二十四小時，心頭擱上期盼的人，生理時鐘一天得有四十八小時，也許還不止呢！

至於我，嗯，心情調適得算是不錯，既期待返鄉又害怕被駁，可是夜裡還算安眠，時間因等待而漫長的錯覺並未出現。並不是我不會忐忑不安，甚至因你的期待，我比別人更迫切想要走出監獄，只是我會去處理自己的情緒，不放縱它恣意流竄。說得明白一點，我比別人會等待。

其實我一直是個性急的人，到現在也依舊如此，但因為我認識到自己浮躁的性格，遇事容易衝動，不但經常得罪人，最終還闖下大禍，便下決心要改善這個毛病。也許你注意到我用「改善」這個字眼，畢竟要改變自己的性格是不太可能的事，所以，我把目標先放在擋住衝動的意念，避免讓這種意念化作實際的言語或行為。既是如此這般設定方向，忍耐的功夫便非操練不可。

也許你不見得會認同，可是你不妨試著思考看看，爸爸的體會是：要學好忍耐的功夫，得要先學會等待，《聖經》上說：「當你等候，要忍耐。」如果你連女朋友約會遲到十分鐘都不能等，火車誤點半小時也心浮氣躁，就不必談懂得什麼叫忍耐。相反地，你能容忍女朋友約會放你鴿子而不暴怒，其實你已經在學習用時間來解決問題。

剛羈押在臺中看守所不久，某位中央單位的局長也蹲進來與我同房。當時我還未認清自己的處境，心中一直著急地想處理外面世界的事，情緒也常為此焦躁不安。那位局長年逾六十，人生閱歷豐富，見我靜不下心，某日閒聊時他便教導我：依我數十年的公務經驗，許多十萬火急的公事，往往擺一擺就不急了，而原本不急的事，再放一放就不必處理了。

是的，時間是造物者為人們建造的沉澱池，任何事往池子裡一擺，所有的雜質會漸漸沉澱到池底，讓人看清楚還有什麼浮在水面上，那就是問題的真相了。孩子，放你鴿子的女朋友幾個月都不見人影，你還需要去找人追問理由嗎？在天空中失聯的飛機遍尋數日不著，你還需要確認什麼嗎？你能認清「凡事慢」的意義，忍耐的功夫便學了一大半，說話不再口無遮攔，行為不再冒失莽撞，等待也不再是消極懦弱的作為。

我發現絕大多數情況，只要在事件發生的第一時間不作回應，事態通常都不會持續擴大，因為放慢回應的速度，等待衝動情緒趨緩，等於給了自己一個與理性對話的機會，得以用更有智慧的方法來解決眼前的狀況。或者等待更恰當時機。因此我所說的等待不必然是漫長的，忍耐往往不過是一時的。你該聽說過：「忍一時，海闊天空。」但不是忍一世喔。

年輕人血氣方剛，衝動難免，爸爸現在說這些，是希望你在人生的道路上慢慢去領悟體會，尤其是在愛情的世界。現代男女愛情的速度太快了，還沒來得及一點一滴地去認識並接受對方的所有優缺點，便滿口山盟海誓，急著上床尋找肉體的歡愉，甚至閃電結婚，無怪乎現今的離婚率居高不下。《聖經》中使徒保羅談到愛的真諦，首先便說「愛是恆久忍耐」，經過恆久忍耐的淬煉，愛才會是真愛，絢爛的激情消退後，才能支撐起平淡如水的實際生活，成就「執子之手，與子偕老」的完美愛情結局。

有人說：「情致淡方見，人生慢始長。」真是真知灼見啊！

又到了該道晚安的時間了，愛你唷！

8/2

孩子：

五天沒能寫信給你，真是抱歉！這些日子忙著加班殺雞，不但中午沒能休息，傍晚收封回到明德莊都逾五點，稀哩呼嚕扒碗飯菜，晚上爸爸還得整理明天的訂單。等到完成所有的工作，我只能躺在鋪上想著還沒寫信給你，可是已經心有餘而力不足了。好不容易捱到禮拜六，屠宰場休息，我們也隨之休息，養精蓄銳二天，下週一又是忙碌的開始。這批雞近三千隻，得殺到下週四才能結束，前後一共十日。

昨天清晨刷牙時，身旁的同學便問有沒有開電視，高雄發生大爆炸，二十人死，二百多人受傷，消防人員四人殉職。盥洗完我立刻趕到餐廳看晨間新聞，畫面不斷播送著烈焰吞噬後滿目瘡痍的街景，我的鼻頭不禁一酸，想起曾經和你談過的人生本質——無常。每個人都想要掌握自己的人生，但是命運不過像是時間巨人手掌中的一粒塵埃，翻覆由不得人，停留也由不得人。許多次記者來訪都不約而同提到爸爸戲劇化的人生，我很想問問他們，我的劇本在哪裡？演戲尚有劇本可以排練，我的人生用戲劇化來形容，恐怕還道不清生命過程的驚恐與熬煉。也因為如此恓惶的匍匐在人生路上，我才會想每天寫信給你，以免來不及啊！

新聞除了不斷播送著災難現場救援的最新狀況，也陸續採訪報導許多罹難者或受傷民眾的故事，有的哀悼已逝的親人，有的控訴政府的無能，但總是淚水交織如雨的場景，令人鼻酸。其中有一則報導特別感人，讓我想與你分享。

有一位三十一歲的男子在行經高雄市三多路時碰上了氣爆，強烈的爆炸威力將人連車子拋向空中翻轉數圈後才摔回地面。那名男子恢復神智後發現自己受了傷，人被夾在車中無法動彈。他告訴記者，在當下他無法預料接下來還會發生什麼事，於是抓起電話打給父親，告訴他：「我愛你。」因為他從來沒向父親說過這句話。而這名男子的父親在接受採訪時，涕淚縱橫地告訴記者，他的兒子認為自己的傷勢狀況還可以撐一陣子，遂要求已經趕到車旁的救難人員先去救別人，他可以等。在這則於醫院進行的採訪結束前，父親流著淚撥弄著孩子額頭上的頭髮，臉上滿是不捨與大難重逢後的欣慰和滿足。

兒子，你相信嗎？人，真的可以很壞，壞到殺人放火，賣妻鬻子而面不改色；但人，真的也可以很好，好到犧牲自己，照亮別人而無怨不悔。記得幾年前蔡淇華伯伯曾寄了一篇文章到獄中給我，在文中他提到爸爸以前每年都會贊助惠文中學「好書大家讀」的活動經費，是個十足的好人，可卻在情感挫折中，令人錯愕地殺人。他覺得人的內心世界是個分靈體，可以同時存在著善與惡的靈魂共居，所以一個人才能同時展現人性的愛與恨。

談到人性的內心交戰掙扎，《聖經》裡有段話講得十分透澈，孩子，這段話有點長，你得耐心地看完它：「因為，立志為善由得我，只是行出來由不得我。故此，我所願意的善，我反不做；我所不願意的惡，我倒去做。若我去做所不願意做的，就不是我做的，乃是住在我裡頭的罪做的。我覺得有個律，就是我願意為善的時候，便有惡與我同在。因為按著我裡面的意思，我是喜歡神的律，但我覺得肢體中另有個律和我心中的律交戰，把我擄去，叫我附從那肢體中犯罪的律。我真是苦啊！」

二千年前使徒保羅就明明白白地指出人性中善惡共存交戰的苦境，二千年後爸爸卻依舊為此所苦，更糟糕的是我到幾年前還搞不清楚，為什麼人生會那麼痛苦。看來數千年走過，人類的科技文明日新又新，人們心中的苦悶仍日復一日，未曾稍有減少。人人心中都有善良的本性，然而欲望的綑綁令人無法掙脫罪惡的枷鎖。爸爸入獄前不就是被情欲荼毒至喪心病狂的瘋癲嗎？我一直想當你的好爸爸，你母親的好丈夫，拚命地告訴自己要守住家庭，守住幸福人生的底線，可是我在行為上一再一再地背叛你們，一次又一次地離棄家庭。每個情欲滿足的夜晚，我苦不成眠，負疚不已，度夜如歲，只得借酒澆愁，以藥安眠。可惜濃睡不消殘酒，早晨醒來，愁上又添新愁。如此惡性循環不止，終至崩潰。

寶貝，爸爸在獄中反省觀察人性多年，總覺得人生沒有絕對的好或壞，人人都是在上帝和撒旦之間當一隻豬八戒——兩面不是人。心多存善念，行多做善事，習慣與善共舞，就離天堂近一點；反之，被欲望充斥的心，被惡行腐蝕的骨，將領人走進地獄。我好擔心你，可是我看不見你後半個人生，只能為你留下隻字片語，盼你他日迷惘時，見到爸爸的叮囑能醒悟，平安走完一生。

這封信該結束了，爸爸的心情有點感傷，你的聰穎、才華、多情都像我，這教我如何放得下你一人面對充滿邪惡誘惑的人生呢？憶起蘇軾的〈洗兒詩〉，順手抄給你當個結尾吧，晚安！

人皆養子望聰明，我被聰明誤一生。
唯願孩兒愚且魯，無災無難到公卿。

8/3

孩子：

昨天因為高雄氣爆慘劇所揭露出的善良人性，和你聊了聊人性善惡的內心交戰。其實昨天信中與你分享的採訪報導，不過是當晚烈焰所點燃的人性光輝的一個案例，遭受爆炸衝擊、惡火肆虐的高雄市，原來是英雄密度最高的城市，帶著傷的受災民眾，水裡來火裡去地拯救一個個生命陷入危難的陌生人，這是真正的勇士，也重新描繪了英雄的輪廓；英雄不再是身壯如牛、力拔山河、氣吞宇宙的曠世武勇之輩，英雄是勇敢、犧牲、奉獻的小小市民，只要心中有分對人世間的愛，人人都可以成為英雄，人人都會是英雄。

爸爸相信，這些人扮演完英雄，重拾災民的身分，回首望去斷垣殘壁中的一磚一瓦，眼睛是矇矓的，肉體是疼痛的，但心會是安慰的，滿足的，也因為這種心境，重建家園指日可待。

入獄之前，我雖功成名就，腰纏萬貫，心裡卻總不快樂，苦苦追尋人生意義與目的何在，連法律研究所博士班的指導教授我都請教過，但沒有人能解開我的迷惘和疑惑。大家一致的看法是我太年輕就事業有成，當同輩都還在為生計奔忙，我已五子登科，不知人生接下來該為何而活了。說穿了，在眾人眼中，努力賺錢就是人生一輩子的目標，永遠沒有盡頭，可偏偏我卻辦不到。將賺錢當成人生存奮鬥的核心價值我嘗試過，事實上證明它無法使我的靈魂長久處於快樂的狀態。一旦察覺心靈為求財而困乏不安，我會拚命消費來滿足物質享受，企圖激活自己萎靡不振的心，也為全金錢化的生命觀建立支撐點。這種做法確實有效，但是不過是一時的，很快便又進入下一個重覆的物質追求，你應該瞧得出來，爸爸尋找人生價值的過程，其實是在原地打轉，感覺已經走得好遠好累，然而路徑既是個封閉的圓，不管多賣力衝刺，汗透法袍後還是回到原點。

羈押在臺中看守所一段日子後，某日收到朋友為我寄上的三本書，其中有一本中英文對照的舊書迅速地攫取我的目光——德國詩人歌德所寫的長詩《浮士德》。爸爸對這本書的書名是有印象的，可是對它的內容一無所知，然而既是大家筆下的傳世名作，我不想錯過，便速速將它讀了一遍。

略略來說，我覺得這本書是一則神話故事，內容十分趣味，文字也極為優美，寓意更是富饒人生哲學，值得人們一再深思。書中描述主角浮士德可以實現任何願望，可是一旦他說出：「我好快樂。」就得將靈魂交給惡魔。在魔鬼讓浮士德成就一切願望的過程中，他曾變為科學家、音樂家、政治家，擁有名望與財富，甚至和希臘女神結婚生子，可是這一切人世欲望的實現，並未能為浮士德帶來長久且真實的快樂，那一句「我好快樂」始終未說出口。

一日，浮士德獨自到海邊散步，見到沿海居民雖辛勤耕作，卻因土地貧瘠而收穫不多，日子過得憂愁清苦，他的惻隱之心被勾起，遂向魔鬼要求將沿海的土地變成肥沃的良田。頃刻間，魔鬼實現了浮士德的願望，沿海居民從愁苦便為歡愉，興高采烈地慶祝著豐收，家家戶戶的生活都改善了。浮士德看到人人臉上都掛滿笑意，欣慰之餘竟情不自禁地喃喃自語：「我好快樂。」就這樣，他的靈魂瞬間被魔鬼帶走了。

孩子，這個故事饒富趣味，也富含哲理，對不？《浮士德》這本書爸爸沒能帶到臺東來，對書本內容的記憶也經歷七年的塵封，也許在細節的描述未盡詳實，但基本架構是不會錯的。歌德創作這個故事是想告訴世人，欲望的滿足只能為人帶來短暫的快樂，一段時間經過後，內心又會回到現實生活的苦悶中，因此，欲望的追求是虛妄的，而欲望的滿足也不會為生活帶來幸福。那什麼是追求幸福的真道呢？歌德藉由幫助別人的浮士德來表達自己的見解，唯有犧牲與奉獻才能讓人在付出的過程中得到長久而真實的快樂之獎賞。

歌德說的一點都沒錯！許多作家談生命，或許會有人質疑流於紙上談兵，隔著牆從縫隙中觀看並描述牆內的動靜，但爸爸的人生由雲端跌入谷底、從日進斗金到一無所有，在火爐的煎熬中反省人生，於苦難的漩渦中掙扎共生，我絕對有資格成為歌德此一思想的見證者——欲望的滿足和幸福快樂肯定不會同步。

請容許我大言不慚地告訴你，歌德所說的真正快樂，我在獄中一直嘗試著追求，雖然做得不是挺好，我心裡也權當這是一種驗證和學習，想磨礪出些想法來供日後人生參考。爸爸深刻地體會到，於幫助他人的過程中，自己的心靈會暫時放棄以自我為中心，轉移到以利他為身心靈唯一的活動目的，手上忙的事和自己毫無關聯，心裡卻比為自己忙碌還更能感受到喜樂，一種踏踏實實的，與受幫助者共同的快樂。更神奇的是，自己付出的越多，快樂越長久。常會在夜深人靜時，不自覺地回憶起曾經的付出，心裡竟湧出鮮活的愉悅，久久不止，好奇妙的情感生發經驗。

歸納這些年來的反省與體驗，爸爸不太敢相信，卻不得不面對一個令人喪氣的結論：生命的空虛與苦悶在於過度以自我意識為中心，才會出現循環往復的追尋，滿足和滿足之後的失落與再追尋，生發無邊無際的空虛，令人身在其中，無力脫困。相反地，這次高雄氣爆現場的居民，在遭受生命及財產重創的同時，毫不猶豫地放下自我的傷痛，立即投入搶救的行列，這種大愛，這般令人動容的犧牲奉獻，必然讓他們能用微笑來看待自己的苦難，所以我說他們一定可以迅速重建家園，我還願大膽地預言，這些無名英雄的生命將會快樂以終。

孩子，你的人生路還很長，希望你能將「施比受更有福」這句話常記於心，並且身體力行，生命品質一定會與眾不同的，祝福你。

8/4

孩子：

今早發生了一件事，我差一點與你天人永隔，至今仍驚魂未定，感謝主，是祂讓我再一次度過危難，祂是憐憫我們父子的，真盼望你能早日認識主耶穌並歸於祂。

早上忙完雞舍的工作，大概十點鐘左右回到工寮進行包裝雞及出貨的工作。忙了一陣子，身邊的紙箱裝滿了，我轉身到身後約二公尺的牆邊拿空箱。一拿起箱子就看到箱底膠帶的接合處有一條黑色「繩子」，心裡嘀咕著組立紙箱的同學怎麼那麼粗心，把一條有小指般粗細的「繩子」黏在箱底，隨手便把那條「繩子」扯下丟在地上，把紙箱送到前面正在裝貨的同學身旁，又回身想去取空箱。就在那一轉身，我發現自己剛從箱子上扯下來的「黑繩」竟然會動。我以為自己眼花了，走近之後定睛再瞧，乖乖！竟然是條眼鏡蛇在地上爬行。我立刻大叫：「有蛇！有蛇！」這一嚷嚷，所有人都放下手頭上的工作圍了過來，主管聞訊亦走到爸爸身邊確認是有毒的眼鏡蛇，立即就地打死。

當大夥看完熱鬧散開，回到各自的工作崗位，我一人站在紙箱旁驚魂未定地發呆良久，直到主管前來關心是否有被咬傷，爸爸才回過神來繼續工作。但心裡不斷回想整個事發經過，竟然會有蛇把頭鑽進膠帶與紙箱的接合處而不能自拔，真是不可思議，但更離譜的是那堆紙箱是早上九點多才組立完成，有條約五十公分長，小指般粗細的眼鏡蛇爬進工寮，大白天的竟然無人察覺。接著我一直想兩個問題：為什麼會是我？為什麼我毫髮無傷？搬箱子的工作原來另有其人，因他臨時有朋友來接見，我才去支援這項工作，才搬第一個箱子就出狀況；還有，會在這樣的情況下遇到毒蛇，我該是霉星高照，倒楣至極的，可是我在毫無警覺的狀況下用手去拉扯一條兇猛的毒蛇，竟然安全過關，毫髮未傷，實在不能不說這是個奇蹟。

中午回到舍房休息，我忽然想起清晨閱讀《聖經》時，不就讀到使徒保羅被毒蛇咬過卻毫髮未損的經過嗎？這段故事記錄在《聖經》新約〈使徒行傳〉裡，當時是保羅以囚犯的身分在被押解往羅馬接受審判的途中所發生的神蹟，經文是這麼寫著：「那時，保羅拾集了一捆柴，放在火上，有一條毒蛇，因為熱了出來，咬住他的手。土人看見那毒蛇懸在他手上，就彼此說：『這個人必是個兇手，雖然從海裡救上來，天理還不容他活著。』保羅竟把那毒蛇甩在火裡，並沒有受傷。土人想他必要腫起來，或是忽然仆倒死了；看了多時，見他無害，就轉念，說：『他是個神。』」

孩子，上面那段經文爸爸清晨六點多才讀過，十點左右就發生了類似的事件，雖然我未遭蛇吻，但在那種情況下我竟可平安無事，這已經毫無疑義了，它肯定是個神蹟！而且不但是個神蹟，還必定隱含著對我的啟示。

雖然我目前尚未得知法務部對爸爸申請假釋的最後決定，但經歷早上這件事，我深信國家即將核准爸爸重返社會了。這不是所謂的「大難不死，必有後福」，是神已賜給爸爸無上的恩典，要我學效使徒保羅用生命來傳揚福音，既是如此，祂一定已讓爸爸的假釋過關，不多時便可重獲自由。

你別笑爸爸太過迷信，事實上若無主耶穌的拯救，我早已困死在鐵牢之中，縱使肉體未亡，精神必然瘋狂。但是相反地，爸爸的重度憂鬱症在獄中不藥而癒，身心靈於苦難中意外地得到重塑，悔改之路一再得到媒體肯定，四度受訪。孩子，爸爸所得到的恩典哪像是在蹲苦窯啊？保羅於基督教的歷史中，雖未名列耶穌在世傳道親選的十二門徒之一，但就耶穌升天後的福音傳播工作而言，他絕對是貢獻居首的使徒，最終也為信仰殉道；新約《聖經》中更收錄了保羅諸多的書信為內容，由此可知他對福音工作的影響有多深遠。我這一生肯定是跟不上保羅的行腳，然而，只要能活出生命的美好，散發出基督徒的馨香之氣，就是基督的活見證，見證祂的饒恕、憐憫、慈愛與恩賜，爸爸就是為此受到主耶穌的召喚，成為祂所揀選使用的器皿。你可能不相信這些，我經歷今日的危難卻不得不信了。

這些年來我心中一直有個願望，出獄後能有你陪著上教會做禮拜，可以嗎？我會耐心地等待你的。

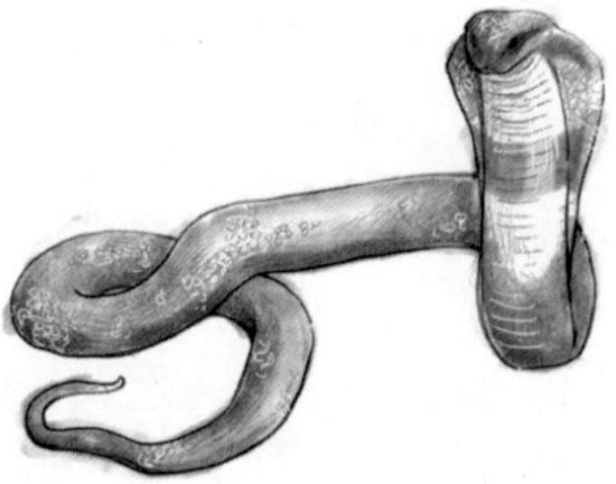

8/5

孩子：

很抱歉，我回家的時間又得延後了。忙碌了一整天，傍晚返回明德莊便接獲消息，七月共有二十一人報法務部假釋，昨天下午先收到八人決定，七人過關一人駁回，那一人便是我。

我很納悶，無論刑期執行比例或者和解事宜，我的條件都很好，獄中的表現就更是模範受刑人了。但比我條件差的准了，表現最好的卻駁了。這到底是怎麼回事？我不懂！神不是在昨天才帶領我逃過一劫嗎？如果我那麼不值得被國家社會寬恕，主耶穌為什麼拯救我，用恩典鼓勵我活到今天？我心中好怨，法務部的官員是不是喝醉酒蓋錯了印章？我真是欲哭無淚啊！雖然八月還可以晉升一級受刑人的身分再申報一次，但想到有人五年六個月的刑期，五十六%的執行率卻一報過關，自己在政府官員眼中算什麼東西？今天下午忙到一半就有謠言傳出法務部駁一人，大家開始恭喜我，認為那一個人不會是我，我當時還笑笑地回答：「我很容易被挑中當槍靶打！」這不是玩笑話，而是一種官員心態的揣摩，沒想到一語成讖。

我好不捨你望眼欲穿的盼想落空，但這已是殘酷的事實，由不得我們父子倆再抱怨什麼，只能再等。心裡傷痛之餘，想起一則故事：已故的天主教樞機主教單國璽一生奉獻天主，行善愛人，在臺灣享有極高的聲譽，幾年前他因身體不適就醫，竟診斷出罹患癌症末期。當他知悉後曾不斷向天主發問：為什麼是我？為什麼是我？經過一番長禱，他告訴自己：為什麼不是我！單主教在禱告中順服了天主的帶領，也領悟到如果必須要有人承受這等病痛的折磨，他願意來承擔這一切。

寶貝兒子，我們一起來學習單國璽主教的精神好不好？耶穌既然要我再留臺東一段時間，必有祂美善的心意，使爸爸能再多學習忍耐的功夫，也可以利用這段時間將性格磨礪得更圓融柔順，同時多讀些書，多寫些信給你，更愛你一點？爸爸必能因為這次的駁回，從挫折中得到神的恩典與祝福，倘若我這麼想是正確的，你豈不也能從失望中獲得主耶穌的賜福嗎？目前已知這次申報有七人獲准，尚有十三人還未得知結果，我是這麼想：如果這次申報假釋需要有人被駁回，那為什麼被駁的不是我？為何不讓我一人被駁就好了？今夜就讓我們父子倆一起為那十三人禱告，祈求他們每個人都能順利過關，早日平安返鄉。

神一定會讓我們父子早日團圓，孩子，只要我們用心祈禱，先為別人求，再為自己求，主耶穌必會垂聽，也必會憐憫我們的。好啦！別難過了，打起精神來，勇敢地走下一段路，爸爸還是很愛你唷。

8/6

孩子：

今天是中元節殺雞出貨的最後一天，也是這二週來最忙碌的一天。從早上六點多爸爸就開始整理客戶訂單及編列產品編號，直到下午四點才結束所有工作。接下來可以休整二個禮拜，然後又是中秋節殺雞出貨。

昨日知悉假釋被駁的情緒依舊遮蔽著我的心，讓它在工作中隱隱撕裂，有時幾乎會喘不過氣來，兒子，你一定是無法想像的，怎麼有人必須長期處在忐忑不安的壓力下生活。但是在回歸自由世界前，每一位受刑人都得在人間地獄的陰陽交界處待上一段時日，確保將回到世間的人有能力安分守己地度日。

坦白說，理論上的正確往往經不起實務的驗證，假釋受刑人的再犯率依然高得嚇人。

好友咖啡組的小P昨夜見我頹喪，隔著走道向我喊話，要我想想是不是曾預想過七月假釋案根本通不過監務會議的審查？既然最初的設想是如此，縱使最終遭法務部駁回，但能通過監務審查已是超乎預期，又何必太傷心難過呢？他這番話說得沒錯，爸爸似乎忘了在未申報七月假釋前所預定的目標——七月讓監務再駁一次，掩護八月的晉級申報。寫到此我便覺得自己真是愚妄，人性真是貪婪，從過去到現在，我似乎一直處在「忘卻初衷」的生命迷惘中。我忘記了初到臺中監獄面對十二年徒刑的勇氣，連在外役監再等四個月的力氣都沒有；我忘了就讀法律系是為了伸張正義，竟搖身一變成為市儈的商業律師；我忘卻了與你母親結婚時的承諾，遺忘了自己曾是一無所有地白手起家，竟揮金如土地背叛家庭。是爸爸太健忘了？或者人性本即如此呢？我一通過七月的監務假釋審查，就馬上將這超乎預期的結果看成自己應得的給予，心則早已飛出監獄，盤算著返鄉後的作為，連在夢中都得意地笑著、不滿足地笑著：我還要更多。

記得十幾年前，爸爸的生活漸有脫序的徵兆，一位在高雄地院服務的學長便好意地提醒；說我的人生走得太順太快，讓我忘記該時常放慢腳步，回頭望一望來時路，想想自己是如何走到現在的地步，好好珍惜這一路上的一草一木。

是的，孩子，成功的傲慢會讓人在不知不覺中遺忘，忘了自己不過是個平凡人，忘了自己也會犯錯，甚至忘了自己也需要蹲廁所，陶醉在自我編織的神話故事中。而成功後的貪婪，更使人只會往前尋找未來的夢境，身後的一切則由助力變成了包袱。

孩子，以後不管你工作多忙，事業多成功，千萬別忘記了自己站在人生的起跑點時，心中的那分悸動、最原始的初衷。時時回頭看看它，你的愛情、婚姻、家庭、事業都是以它為基石建立起來的，忘卻了它，未來的人生必然偏離軌道，相反地，能堅持那分初衷，你也就守住了人生。

加油！爸爸愛你唷。

8/10

孩子：

這二天爸爸在看一本書《活出全新的你》，是一位知名的美籍牧師約爾·歐斯汀（Joel Osteen）所寫，十分暢銷。他以《聖經》的道理為本，帶領讀者去探索開發生命無限的潛能，內容十分精彩，值得拜讀。

今早我閱讀的是那本書的其中一個章節〈探索自己的命定〉，以上帝造人的角度，敘述每個人都會有上帝賦予量身訂作的恩賜與特殊才幹，譬如爸爸在抽象的邏輯推理上便有著較同輩突出的表現。讀完那個章節開始進行晨禱，你的身影不斷在爸爸的腦海中閃現。

從生物學的立場來說，每個人的天賦都和遺傳有關。記得你奶奶曾經告訴我，爺爺的口才好是朋友間公認的，有些叔叔伯伯年輕時去提親，一定會拜託爺爺一起去。爸爸口語的表達能力有著爺爺的遺傳，再加上後天的磨練，許多採訪過我的記者皆十分讚賞；蔡淇華伯伯也曾告訴我，他邀請過無數藝文界人士到校演講，沒有人講得比我好。接著談到你了，在你小時候，爸爸就注意到你在口語能力的學習和發展，比同齡、甚至大你許多歲的孩子快很多，高中老師說你不去當律師太可惜了，我心裡十分欣慰，你果真遺傳了家族中最有特色的才能——強大的語言表達能力。

奇妙的遺傳讓爸爸每回見到你，都像是看到這個世界中的另一個我，不僅是頭髮、眼神或其他生理特徵的相似，連身體內在的靈魂都有著相近的本質，我愛死了，世界上除了鏡中人，竟還有一個你複製了我的一切一切。

《活出全新的你》書中提到一部爸爸國中時代的賣座電影《火戰車》（*Chariots of Fire*），劇情我還記憶猶新，是在描述一位夢想參加奧運的跑者的故事。歐斯汀牧師於書中說到，電影中的男主角李岱爾明白上帝賦予他跑步的天分，每當跑步時他感覺好像把自己奉獻給上帝；片中最經典的臺詞之一是李岱爾說：「當我跑步時，我感受到上帝的喜悅。」去年八月爸爸去你奶奶的教會演講一個小時，結束後有位執事告訴我：「北元弟兄，你的演講讓我感覺身歷其境，親眼目睹你人生的成功與墜落，見到你在獄中蒙福重生的經過，這不是後天能訓練出來的口才，是你與生俱來的天賦。」我聽完這番讚美連忙感謝主。

孩子，隨著你年紀漸長，慢慢步入成年，你便會明白自己所擁有的口語能力將是你人生中最重要的力量，可以說服別人，可以感動人心，更可以安慰受傷的靈魂；在職場上你也講因此項特質而過關斬將，成果豐碩。請你記得，這樣迷人的口語能力，容我引用某雜誌社主編的話：「幾乎不需要任何修改，便可譯成文章。」不是你努力得來的，是你與生俱來，白白所得，沒有付出任何代價，當你在滔滔雄辯、口若懸河之際，一定要心懷感恩，謙卑地感謝造物主上帝的恩典，讓我們家族三代都可以享有這項特殊能力，並且常因上帝的喜悅而使用它，你必因此終生喜樂平安，上帝也必因此會將如雨般的恩賜傾洩給你及你的家人。

晚安了，孩子，願你有個好夢。

8/11

孩子：

昨日下午收封時，爸爸意外地和臨時代班的主管天南地北地聊起來，話題從電影談到假釋標準，說著說著我們二人竟脫隊十來公尺，緩步跟在眾人後面。那位年輕主管忽然望著前面的收封隊伍喃喃地道：「你看前面這些人，沒有希望地在過日子，出獄後早晚會回來。」我回應這話說：「我很努力地在活每一天，也因為我堅持懷抱希望，絕不在獄中沉淪，只得活在孤獨中，忍受著排擠。」語畢，那位主管面色凝重，語重心長地道：「監獄確實是讓人沉淪的大染缸，你一定要守住。」「上帝為你關上一扇窗，必會為你開啟另一扇窗。」我笑笑著點頭，沒再多說些什麼，可是心裡卻隱隱作痛。只有曾經真正經歷過生命絕境的人才會知道，上帝不是關上窗的同時立刻打開另一扇窗，而這一開一關之間充滿了生命的痛苦煎熬和試煉，能爬過這條布滿荊棘礫石的絕望之路，站起來祈求上帝恩典，祂才會微笑地開起另一扇門。

孩子，爸爸不是一開始就能堅強地面對人生的破敗、事業的幻滅的。剛收押在臺中看守所不久，我即曾試圖自殺未果，當時的想法和大多數人一樣，自己的人生已無希望，因此，早早了斷殘破的生命是避免痛苦折磨的最佳方法。但是，想在監獄中自殺幾乎是不可能的事，只能任憑生命殘喘，在內心放棄自我，過著行屍走肉般的生活。大致上來說，入獄前二年，上帝關閉了我人生的希望之門，卻沒有為我立即開啟另一扇窗。

在那一段渾渾噩噩的日子裡，我不是發呆，打掌上型電玩，便是看閒書打發漫長的獄中生活，試著不讓自己意識到正困居在樊籠之中，同時也滅絕心中的一切盼望，以減輕監禁的心靈磨難，生命唯一的依靠只剩犯罪後率先饒恕我的主耶穌基督。可是任憑我日日讀經、夜夜禱告，祂從來沒有回應過我，也沒有派天使從天而降來保護我，由理性的角度而言，我幾乎快要推論天上並沒有上帝。

更慘的是，一旦受刑人適應了監獄的生活步調，日子會變得越發漫長，掌上型電玩的每一種遊戲都玩到破關，能借到的書籍都看光了，只有刑期還漫無邊際地攤在眼前，爸爸真的絕望了，深陷在絕望的黑洞中無法跳出，每日早晨出封，我都不確定自己能否撐過今天，但也就是處在這崩潰的邊緣時，苦難的追逼使我放下了理性的思維，站在陡峭的懸崖上縱身躍下，相信上帝會伸手接住我。這一跳，我得到了活過每一天的勇氣和智慧，而祂日復一日地在清晨賜給我這項恩典，我的生活也跟著一天勝過一天，開始在絕望之路爬行，停用精神科藥物，丟下手中的電玩和雜書，重啟英文學習之門，在最艱困的生活條件下，找到最單純的、非物質的快樂。到了此時，我已重新學會走路，朝著受刑人口中傳說的絕望之巔邁進（即跨越法定刑期二分之一前是上坡路，越過二分之一刑期後便是一路好走的下坡路段）。攻頂前一年，神為爸爸開啟了另一扇窗——寫作，這一寫就是二年多，完成了《黑暗之心》與《兜售正義》，如今仍筆耕不輟地每日寫信給你。爸爸不能肯定寫作能否養活自己，掙到足夠的錢栽培你念大學，所以我在保險公證人公司謀了一份差事，可是寫作已是我一生的希望所繫，這個夢想我會走到生命的最終日，再把棒子交給你走下去。

談起這段過往，是想告訴你，苦難可以摧毀一個人的意志，使人一生活在哀愁中，但苦難也可以熬煉一個人的心志，同時建立起真實的信仰。丹麥著名的哲學家齊克果便曾說，信仰只有經由絕望、苦難，經由痛苦與不停掙扎，才能獲得。其實爸爸以為，人生中最美麗的願景，也是在苦難中才會浮現眼前。苦難的折磨會令人願意拋棄理性，找尋生命的依靠，絕望中的人更是渴求著生存下去的盼望；理性的跳躍帶出了全身心靈的信仰投入，而絕望中的盼望，則是最謙卑的生命華光。

不過由苦難走向真誠的信仰與願景，必須承受得起烈火極度痛楚的燒灼，這時需要的是顆樂觀進取的心。蘇軾在文學上的登峰造極之作〈前、後赤壁賦〉與〈念奴嬌．赤壁懷古〉皆是他被貶官謫居黃州時所作。後世評論者認為，他的豁達胸襟和樂觀思想，讓蘇軾在苦難中尋樂、作樂，並真的樂在其中。官場生涯上他遭逢了前所未有的挫折，他的文學創作卻因此攀上了顛峰。爸爸靠著信仰給我的盼望，相信神會為我未來的人生安排豐盛的饗宴，身處苦難的爐子裡，也就充滿了勇氣，樂觀地面對每一天的磨難。更神奇的是，當爸爸願意去相信那看不見的盼望確實存在，我竟然見到了隱藏在苦難背後的真象，欣然地接受上帝重新錘鍊我的生命。《聖經》上說：「我們曉得萬事都互相效力，叫愛神的人得益處。」苦難不僅僅帶來痛苦，也帶來盼望，果然是真理。

你的人生道路還很長，遇見挫折必是難免，盼望你能在遭遇苦難時，想起父親的人生起落，欣然地面對橫陳於前的生命障礙，試著了解它的存在、與它共存，進而超越它。

你一定可以的，加油囉！

8/12

孩子：

人從一出生開始直到死亡，都不斷地在學習：學說話、學走路、學知識、學做人，學習如何面對生活，也學習如何從容走向死亡。這些我很早就明白，可是我從來不知道愛情也需要學習，不騙你，我真的不曉得，等到為情瘋癲，為愛殺人後才深刻體會到，爸爸是事業上的巨人，卻是愛情世界裡的侏儒，不知怎麼愛人，也不懂如何被愛，只會放縱著情慾，任憑感官享受來決斷男女關係的一切。

那愛情到底是什麼？該如何學習呢？我覺得為愛情下一個理論化、抽象化的定義並無太大意義，反倒是在不同的年齡藉由一段段曾經擁有的戀情去試著認識愛情的不同面向，學習男女相愛及相處之道，才能在最終把握住相守一生的美好關係。

爸爸是在上大學以後才開始交女友，同一個對象交往了五年。這一段不算短的感情算是相當正面，兩人一起念書，一起考上同一家研究所，先後考上律師，這是因為我們從開始交往就有共識，以課業為重，建立共同人生目標。她因我而投入研究所考試，我因她而賣力學習德語。很可惜，這段感情並沒有讓我認識到愛情的真諦，反而因自己少年得志，無法安於趨於平淡的男女關係，轉而追求一段又一段的泡沫戀情，如同被大海打上岸的浪花，泡沫化後瞬間消逝得無影無蹤。到了最後，我真的以為激情就是愛的表徵，激情褪去愛亦幻滅。

兒子，愛情真的是這麼一回事嗎？愛情真的就是不斷地擁有然後消逝的過程嗎？好比只能綻放一次美麗的洛神花，收割之後就只能任其荒蕪，再也不能重現過去的絢爛。

辛棄疾說：「眾裡尋他千百度，驀然回首，那人卻在燈火闌珊處。」是的，怦然心動的四目相交，是美麗愛情的開端，如春花般爛漫嬌羞而動人，引領著彷彿盛夏般令人躁動的熱戀與激情登場。可是再絢爛的愛情終有歸於平淡的一天，剩下的將只是一瓢水一碗飯的如水流年。過去我的愛情世界裡僅有浪漫和激情，平淡如水的日子已無關乎情，活脫脫像隻只能活在春光中的蝴蝶，穿梭花叢，尋覓甜美的花粉，春天一走，我便心如槁灰，了無生趣，愛情在爸爸心中，果真如同極致耀眼的楓紅，紅了之後只能凋零，是它不變的宿命。

記得我剛考上律師，在臺北一家國際性的律師事務所學習，曾經意外處理一件七、八十歲夫妻的離婚案件，當時本著勸合不勸分的宗旨，我還追問他們是否仍愛著彼此，惹得那對夫妻罵我：「都結婚五十年了，還談什麼愛！」這個問題也成為所內律師們的笑柄，認為問一對結婚五十年的夫妻是否相愛十分愚蠢。

你認為呢？婚姻是愛情的墳墓嗎？共同生活了五十年真的磨掉了所有愛情的成分嗎？以前我認為當婚姻過渡到平淡如水的生活境地，愛情已然消逝，留下的只是親情般的彼此陪伴。可是，如今我卻深信，激情是愛情的開端，平淡如水的日子是愛情的美好結局，愛，它從未消逝，如同唐代詩人李商隱所云：「荷葉生時春恨生，荷葉枯時秋恨成。深知身在情長在，悵望江頭江水聲。」能守住愛情的平淡，執子之手，與子偕老，「山無陵、江水為竭；冬雷震震、夏雨雪，天地合，乃敢與君絕。」豈不是最圓滿的愛情結局嗎？豈不是堅貞愛情的完美見證嗎？愛情在此刻不是不見了，是昇華到了極致，如同晶瑩剔透的琥珀，被時光雕琢得越加珍貴。那簡單的一杯水，一碗粥，在在發自愛、關乎情，只是大音希聲、大愛無聲啊。

那似水流年的平淡歲月中，有什麼會消失嗎？這問題說來好笑，男人最喜歡將「大丈夫一諾千金」掛在嘴邊，可對女人的誓言卻往往做不到，禁不起時間的考驗，一遇到誘惑便將山盟海誓拋諸腦後。綑綁著愛情的誓言，像極了禮盒包裝上的緞帶，解開之後便丟棄了。

孩子，你還年輕，未來的人生中，可能還會有一段段的戀情在等著你去體驗，或歡愉，或心碎，或逃離，或背棄，去學習如何擁有，也學著面對分離。

但是，請你牢記在心，再美好絢爛的激情都會回歸平淡，那絕不是愛情不見了，絕不是感覺不見了，而是考驗彼此承諾的時候到了。愛情不會消退，只是會因時間而變化成不同型態的男女關係，守得住一杯茶、一碗飯的平淡歲月，也就守住了人生幸福的底線，這茶飯間，就是情，就是愛呀！

希望你面對每一段感情，都能用心操練「守住承諾」這項功課，寧可人負自己，也別讓自己負了人。這樣，當你在最美好的時刻碰到最美好的人，可以輕易地守住到來的幸福。

夜已靜，燈已熄，該向你說晚安了。爸爸愛你。對了，順便替我向嘉嘉道聲晚安。

8/14

孩子：

今天寫信給你的時間有點延遲，我隔壁空了二個多月的鋪位傍晚補上菜鳥了。原本爸爸有許多東西都放在鄰鋪上方的吸頂式置物架上，如今它們有了新主人，我得趕緊把上頭的物品取下，還給新鄰居放置雜物。可是，二個多月下來，架上的東西真不少，取下來不過是幾分鐘的工夫，找地方收納卻是件大工程，耗了半個多小時，付出汗流浹背的代價才搞定所有物品。在重新整理擺放的過程中，手是一刻不得閒，但是心卻也是嘀嘀咕咕地叨念不已：明明下鋪也有空位，為什麼把人補到上鋪來？

一切就定位後，我拿著毛巾到浴室沾溼擦擦身體，心隨之靜涼下來，想想人還真不能放縱自己，久了便難收回。明明監方只分配上鋪的同學每人二格置物架，我卻貪圖一時的便利，見鄰鋪閒空許久，遂將物品往其上頭的置物架擺，越擺越多，也越理所當然，將如此一時的方便視為自己應有既得的權益，開始構築起不容侵犯的防禦心態，一旦鄰鋪補上人，不悅的情緒如狼煙般在心中升騰，召喚著猜疑出現，咬牙切齒地想著：是誰的主意讓菜鳥睡上鋪？我有得罪誰嗎？

孩子，看到這裡你一定覺得爸爸很幼稚，就一個置物架可以惹出一連串的負面情緒，是不是監禁太久，連心胸都關窄了呢？

也許吧！長年生活在一個封閉侷促的環境裡，心也很難跳脫有限的空間去想像外面世界的遼闊。《莊子．則陽》裡曾敘述過一個故事：曾經有一隻蝸牛，身形雖小，卻背負了兩個國家在身上。位於左觸角的國家叫作觸式帝國，在右觸角上的國家稱為蠻式帝國。這兩個國家經常為了爭奪生存空間而爆發慘烈的戰爭，血流成河，浮屍不可勝數。孩子，你想想看，在蝸牛的身上，一微米的空間都是巨大的，對觸角上的兩個國家皆是意義非凡的。人被關在獄中，真的有如生活在蝸牛的觸角上，人人比肩而睡，分毫之爭都有其意義，但很可悲地，受刑人的眼界也因此被侷限在這狹小的空間，再難逃脫。一個我不該擁有的置物架，竟會讓爸爸難以放手，不得不讓出時，竟還會為自己的既得利益找藉口辯護：應該是自己得罪別人。

人性中似乎隱藏著一種不願面對事實的本能，明明知道是自己理虧，是個不當使用置物架的既得利益者，竟會不自主地虛飾自己的不義，千方百計地尋找華麗的藉口，不是想要對任何人解釋，純粹只是為了欺騙自己，不願戳破事實真相。你會這樣嗎？孩子，爸爸誠心地提醒你，面對自己的負面人性固然不易，可是本來就沒有人是完美的，如果有一天你遍尋不著虛飾自己不義的藉口，不妨試著坦然面對自己內心的黑暗面，你越了解它，便越能馴服它。

快熄燈了，王安石有首詩〈登飛來峰〉送給你當明天的生日禮物：「飛來山上千尋塔，聞說雞鳴見日昇。不畏浮雲遮望眼，自緣身在最高層。」加油，努力往上爬吧，爸爸一定會陪著你登上泰山之巔，「會當凌絕頂，一覽眾山小」。

8/15

孩子：

生日快樂！明天我休假，再打電話熱烈地祝福你。

你的她今天有為你慶生嗎？希望你們可以玩得愉快，更盼望你們的彼此愛戀可以長長久久。

談到男女情感的維繫，總有人說：相愛容易，相處難。我對這句話可是有刻骨銘心的感受。相見不過是一秒鐘，相愛也不過是一瞬間，相處的道理卻需要一生一世的體會。

愛情，在爸爸過去的生命中，一直是生命的動力來源，沒有了愛情生命就失去了色彩，只剩無邊無際的一成不變，不論是工作、家庭皆然。也許是我的工作太過順遂，工作似乎無法給我太多生命價值上的自我肯定，帶給我的只是驕傲、放蕩、市儈與囂張，在職場上，幾乎以為自己是神，無所不能的神，可笑吧！

我多情又感性，喜歡在海邊吹風，在山頂數著雲朵，當然也像吸毒者一樣，對愛情的浪漫充滿渴求，必須時刻為自己注射戀愛荷爾蒙，日子才是有感的，生命才會醉醺醺、飄飄然。可是，一旦一份愛情用久了，進入了平淡如水的抗戰時期，我以前會堅定地認為，我和她的愛情逝去了，消散了，如同山間清晨的霧靄，日光照射的時間一長，什麼都不見了；不但如此，我還認為天下的愛情，都與我的一樣，相愛的男女日子過久了，必然味如嚼蠟，食之無味，只因為習慣生活中的彼此，才會有棄之可惜的眷戀。

這時的我，生命會陷入幽暗的深谷中，身上僅存的是一件殘破不堪的道德牌內衣，不用脫光，外人都可以看見我赤裸裸的欲望，心再也無法安靜於室，有如大旱之望雲霓般渴望著另一段愛情的澆淋滋潤。但也正是那一件最後的道德內衣還穿在身上，讓我在追逐愛情的歡愉過程中，經常會在夜深人靜的暗暗巷弄裡掙扎著，哭泣著，自虐著，最終形成重度的憂鬱症。因為，我竟然想當一個好丈夫、好爸爸兼好情人！這已經不是期許了，是一種自我虐待。

在這種自我矛盾的氛圍下，潛藏著幾個可怕的危機，當時我並不自覺，如今想來，我的殺人早已有跡可循。先講追逐愛情的危機吧，在追逐愛情的過程中，我發現自己越來越不真心，因為當時年輕多金，吸引許多女性的青睞，主動投懷送抱，我幾乎是來者不拒，但交往的時間越來越短，甚至短到對方都還來不及享受愛情的甜蜜，我早已揚長而去，也就是說，我從一個神聖愛情的膜拜者，變成了消費愛情神聖的巫師，只負責唸咒語，讓別人掉進愛情幻覺之中，自己變成了旁觀者。

再來是操控的危機。雖然我越來越不真心，但對部分特定人我卻越來越執著，緊緊抓住不放，也不容任何人求去，操控他人的欲望十分強烈。自己都可以感受到性格和情緒的改變，嫉妒心越來越強大，情緒衝動跟著激烈高昂、歇斯底里，經常是鋪天蓋地而來，不是大怒就是啜泣，必須要靠藥物來控制自己。追根究柢，我現在認為當時的狀況，絕大部分是受了嫉妒的荼毒，一旦心緒被這種惡毒的魔鬼占領，它會自生自大，到最後完全不受理性的節制，甚至於凌駕在理性之上，越發想要控制身旁的人，左右他們的一切，結果，將人引往毀滅的道路上。

前二天和你聊起的記者阿姨，昨天偶然看見她寄來的壹週刊，順手又拿起來重溫有關爸爸的報導。才看沒幾段，我的目光便停留在她提到我過去對情感的操控，她認為縱使我持刀打算在被害人面前自盡，也是一種使用生存作為籌碼的操控，想改變別人的意志。我讀得好心痛，可是必須承認她的觀察與評斷是正確的。前半生我面對愛情時，總是無所不用其極地想去操控別人的意志和行為，連自己的身體與生命都可以派上用場做為工具。

我和被害人交往多年，二人的生活方式與觀念從來沒有一致過，無論我用什麼方法去試圖改變她，她都一無所動地按照自己的行為標準度日，這讓我們經常陷入嚴重的爭吵，直到最後還是重演著老問題。

這些年來我不斷反省這段傷痛的往事，除了嫉妒，我也發現「操控」這個問題。我與被害人之間少有理性的溝通，我習慣在憤怒中說出自己的要求，她也習慣地敷衍著，她以為搞定了我，我以為她會改變，其實我們二人都錯了。她感受到我憤怒中的壓力，被迫應付著我，她既無心改變，也不快樂，只會讓她背著我去做我不喜歡的事；我使用憤怒、分手、甚至其他手段作為操控工具，她永遠也不會知道我為什麼在意那些事。

孩子，你曾經為了她不能陪你看電影而生氣嗎？當你需要她的陪伴時，你該正面地告訴她，此時此刻你有多渴望她的陪伴，而不是約她不成便用情緒來試圖改變她的心意。你該明白這個世界上沒有任何人有取悅你的責任和義務，你必須學習理解並體諒別人的拒絕，同時尊重別人有與你不同的生活態度、方式及價值觀的權利。

如果你希望他人來配合你的想法或作為時，有禮貌地、心平氣和地將理由說出來，千萬別強迫別人接納，能認同你的人自然會和你並肩而行；無法達成共識的人，你可以選擇包容，可以決定放棄，就是不該試圖操控，這只會讓你們的關係惡化。

相反地，你也要避免被操控，堅持把自己生命的主控權留給自己。爸爸的人生體會是：罪疚感最容易促使自己被操控，做出自己原本不願意做的事或決定。也許你早已經歷過因別人哀求而改變了自己的決定，開始勉強去做些令自己不愉快的事。

記得，遭遇這種情形時千萬別害怕拒絕別人，真正的朋友一定會諒解的，更何況誰也沒有本事讓全世界的每個人都喜歡他，你又何必介意有人不喜歡你呢?我以前就一直深陷在取悅、甚至屈從他人的迷思中，也許是沒有自信，我很害怕身旁的人不喜歡我，所以我總是想法子曲意奉承以取悅別人，說好聽叫人緣好，實際上是人際關係上的自卑傾向。

待在監獄的這些年，生活中遇到非常多利用恐懼來操控的情形，若不順從，動不動就受到排擠，但被別人控制著的生活好不快樂，最終我還是選擇一個人孤獨地在自我的精神世界裡流浪。然而不必再取悅他人的生活是多麼自由，我願意承擔寂寞來換取這種自在的日子。很可惜，許多人與我一樣嚮往自由，卻害怕承擔自由的代價，依舊過著被操控的生活。

寶貝孩子，每個人都是完整的個體，彼此體諒和尊重才能發展出健全的關係，操控只會掏空情感的根基，長久以往，不論是親情、愛情或者友情，都將完全崩塌毀盡。另外，幾次放假與你互動，爸爸可以感受到你是個非常善體人意的孩子，懂得我內心對你的愧疚，安慰我說你並未受到我犯罪入獄的影響而自暴自棄。感謝你的體貼，但更希望你能勇敢地將心裡真實的感受說出來，愧疚和無地自容是我該去承擔的，你已經很棒了，不用再將我的問題攬到自己身上。

晚安了。愛你。

8/19

孩子：

三天假期飛快地過去，昨天傍晚我又回到臺東，繼續服未竟的刑期。很捨不得你奶奶、你大伯和你，可是國法不容情，我必須為自己的錯誤贖罪，不敢有任何抱怨，只是苦了你們。

短暫獲得三天自由，夜裡捨不得睡，天未明就起身，一輪折騰下來，弄得身心俱疲。昨夜通過安檢後，略加整理攜回的物品，便躺在床上小憩。這一躺，躺出了回家的熟悉感，縱使是硬邦邦的木板床，仍有說不出的舒適。然而享受的感覺並未持續下去，心裡很快便驚覺到：這裡是監獄，不是家。接著爸爸納悶起來：監獄是個令人厭惡的地方，怎麼我會對它生出彷彿旅行多日後返家的熟悉感？今天早上回到雞舍工作，這個疑惑一直盤桓在心中。

孩子，爸爸非常肯定這種對監獄環境的認同感，並不是經由有意識的思想活動而建立，相反地，我每日都盼望著能獲得假釋，早日離開這個人間地獄。那為什麼自己身體的感受會和大腦的思想互為矛盾呢？我推測這種有如回家的感覺，是因長期處在監獄，不知不覺地在心中建立的潛藏意識，點點滴滴地累積成一種習慣：習慣睡板床，習慣被拘束，習慣有人監視，更習慣吃大鍋飯。

天哪！寶貝，想到這裡爸爸不禁冷汗直冒，自己向來積極認真地度日，每日讀經靈修看書寫作，從未間斷，對未來仍老驥伏櫪，志在千里，我怎麼可能會有被制約化的情況？可是，可怕的是事實擺在眼前，我雖厭惡它，卻暗暗地習慣它了。這讓我憶起二十年前的一部洋片《刺激一九九五》，劇中人物有一段對白讓人印象深刻，那是位長期監禁的受刑人，他說：「剛來到監獄時是厭惡它，過一陣子便開始習慣它，關久了之後更是離不開它。」

是的，無論我如何厭惡監獄，監獄卻在暗中催磨我的心志，要我不知不覺地接納它成為「家」，如今我才明白原來自己內心已經不排斥監獄，原來人心的怠惰腐朽是如此暗中地進行。這教我如何能不時時刻警醒著呢？

也許我想的不夠完整，但我真是這麼想：時時留意身處環境，刻刻檢視自我習性，心才能鮮活地律動，人生才能正向而積極，否則，環境將會靜悄悄地吞噬整個靈魂，直到自己變成另外一個人。

孩子，有一天我若能獲得假釋，那一定會是永遠徹底地離開監獄，絕不會留戀，爸爸保證。

8/20

孩子：

前幾日農曆的節氣已經立秋，現今臺東的白天雖仍炎熱，日照卻不再那麼刺人了，夜裡也跟著涼快些。這一季秋已經拉開序幕了。

你喜歡秋天嗎？有人「秋風秋雨愁煞人」地喜歡它的悲涼、寂寥，愛在蕭颯的秋風中，或是想家，或是發愁；但也有人在秋天振奮著，唐代詩人劉禹錫便道：「自古逢秋悲寂寥，我言秋日勝春朝。晴空一鶴排雲上，便引詩情到碧霄。」我呢？我愛秋天的靜，萬物在秋季放慢生長，靜靜地孕育著下一次的爛漫。然而正如「萬事盡如秋在水，幾人能識靜中香？」人人都愛春光的旖旎柔美，卻忽略了靜秋中的生命智慧。

沒辦法！秋天確實太安靜了，鳴叫一夏的蟬漸漸失去蹤影，樹梢上的綠也不再純粹，狂躁的大自然緩緩地放慢腳步等待冬天來臨。誰會去留意到一派肅穆氣息中的枝節末微裡，隱約透著大自然律動的奧祕呢？誰會去思索大自然沉默不語的生命涵義呢？秋，不就該是收斂豔夏的激情，痛痛快快地悲上幾回嗎？

不！孩子，千萬別那麼想。秋日中看似奄奄一息的萬物，其實是在安靜地醞釀下一回合生命的爆發，是在沉默中積蓄未來生命的能量。一旦春天的號角響起，整個大地的爛漫將會因此而難管難收。大自然正在透過季節的更迭教導人們學習安靜下來。

是的，安靜下來，在邁向更美好的境界之前，我們必須要會安靜下來。安靜之後，我們可以完全靜下心來觀察思考事物，看見在喧鬧中所忽略的，領悟到在煩躁中被掩蓋的，於靜謐之中累積智慧，將自己的層次提升到更高的境界。人本即屬於宇宙萬物中的一分子，卻因為文明的發展遠離了自然，甚至驕傲起來想改變自然，像是個愚昧聒噪的蠢蛋。其實生命的智慧，造物者早在創造天地時便已將它藏於自然之中，人並不需要去發掘或理解什麼，隨著自然律的脈動呼吸就是了。可惜呀！孩子，人類朝著相反的方向越走越遠，越來越焦躁，越來越炫耀，回歸生命的本源——大自然，成了少數人的冒險之旅。

美國十九世紀名作家梭羅獨自在華爾騰湖畔隱居，於極度的寧靜中，完成了他一生中最重要的著作《湖濱散記》，寫滿了對大自然的熱愛和生命奧祕的領略。他寫道：「我到林中去，因為我希望謹慎地生活，只面對生活的基本事實，看看我是否能學到生活要教導我的東西，免得到臨死時，才發現我根本就沒有活過。」結結實實地敲響了人類專注於物質文明的警鐘。

由於《聖經》舊約〈出埃及記〉裡的一段話：「耶和華必為你們爭戰，你們只管靜默，不要作聲。」神成了我人生暴風雨中安靜下來的理由，也因為如此，爸爸在監獄中不但得到上帝恩賜的智慧，更初嘗了天堂的滋味。一旦來到武陵外役監，這如詩如畫的世外桃源，我便很快地融入大自然，探索著上帝隱藏在其中的生命物語。

孩子，和爸爸一起安靜下來感謝主吧。

8/21

孩子：

每回自外役監放假，爸爸都會先和葉銘進叔叔見上一面再返回竹北，這一次八月十六日的假期也不例外。我從臺東搭六點十分的臺鐵自強號至屏東林邊鄉，葉叔叔會到那兒接爸爸到東港老家一敘。前幾次放假，我人在林邊站下火車時，葉叔叔都已在車站出口等候，唯獨這回爸爸出了車站還未見葉叔叔人影，心裡剛在嘀咕著葉叔叔會不會有意外耽擱了，手機立刻響起，正是他來電。原來葉叔叔睡過頭，剛剛才出發，大約四十分鐘才能自高雄趕到林邊。我叮囑他慢慢開車後便掛掉電話，一個人背著行李往林邊的街市走去。

走沒幾步路，爸爸的心煩躁起來，牢騷不斷，怎麼放假第一天的第一個行程就出狀況，寶貴的自由得浪費在這濱海偏鄉四十分鐘。接著我把情緒焦點延伸到假釋駁回的哀愁上，埋怨上帝已經傷我甚深，連放假還不肯讓我好過些。喔，孩子，爸爸心中的苦水被葉叔叔的遲到全引了出來，汩汩地流淌，腥臭難聞。

奇妙的是，當我因胸悶意躁停下腳步，抬頭深呼吸的瞬間，朗朗的晴空領爸爸想起一首宋詞：

莫聽穿林打葉聲，何妨吟嘯且徐行。
竹杖芒鞋輕勝馬，誰怕！一蓑煙雨任平生。
料峭春風吹酒醒，微冷，山頭斜照卻相迎。
回首向來蕭瑟處，歸去，也無風雨也無晴。

這首〈定風波〉是蘇軾貶官流放時期的作品，反映了他歷經苦難折磨後的人生哲學。出門在外遇雨，沒有雨具的蘇軾並無抱怨，腳步緩慢而堅定地在林間行走，一如他面對苦難的人生。幾番的官場起落，人情冷暖，蘇軾迎著雨過新晴的餘暉回首過往，既已度過，便無關人生了，還是把握當下吧。

蘇軾面對苦難打擊的從容，身處苦難煎熬的自在，看待苦難人生的豁達，讓後世的評論者毫無保留地將人生的桂冠頒發給這位名利場上的失敗者。在另一首詞作中，他曾說：「試問嶺南應不好，卻道，此心安處是吾鄉。」是的，當困苦的大環境無法改變時，安頓好自己的心，好可以微笑面對苦難，將禁錮之地視為故鄉。「此心安處是吾鄉」這句話透露出蘇軾在顛簸的人生道路上安步當車的祕訣。

腦筋在蘇東坡身上轉了幾圈，爸爸糾結的心放下了，放下假釋被駁的怨憤，放下不知何日返鄉的焦慮，放下在林邊浪費時間的牢騷，霎時間心靈得到解放，得到自由。我的雙腳再度邁開步伐，輕盈地閒踱於林邊的街道，那裡是統一超商，那裡是客運站牌，那邊是海的方向，那邊是雲的故鄉。

呵，風正飄過爸爸的眼前。多自在的早晨啊！

8/22

孩子：

許多年來，爸爸心中一直有個疑惑；人生目標達成之後，接下來要做什麼？這可能會是個令人生氣的困惑。怎麼說呢？能夠實現人生目標的人應該不會太少，但達不到理想的人恐怕也是如此，於是，思索實現夢想後的人生去向，肯定會讓許多人為之氣結。如同爸爸告訴電視臺記者，當我的人生窮得只剩下錢時，有多可憐，她說這句話肯定會惹不少人生氣。

以前常聽人講「少年得志大不幸」這句話，並無深刻的感受，而今想起同樣一句話，卻感嘆不已，同時也理解到「少年得志」的不幸，在於驕傲會讓人看淺了人生的深度，弄窄了生命的寬度，進而迷失未來的方向。這是爸爸真真切切的人生體驗，你得要擺在心上。

相信不用我說，你從報章雜誌或電視上便已知道，爸爸在大學時期看了一部洋片《麻雀變鳳凰》後就立定人生志向，未來要當一位商業律師賺大錢。研究所碩、博士班努力攻讀保險法，正是朝人生目標邁進的具體作為。而且，非常幸運地，爸爸執業幾年後就得到在保險界嶄露頭角的機會，從此一路順遂，漸漸於市場上打出名號，案子越接越多越大，錢也跟著越賺越多。可是，弔詭的是此際爸爸的生命卻越活越朦朧，如同墜入五里雲霧之中，搞不清楚繼續活著要幹什麼？原本打算用一生的力量去追求的境界，沒想到三十郎當歲就幾乎完成，我開始質疑這種重覆的日子有什麼意義？還要過多久？一旦求不到解答，心便得不到支撐，生活接著出狀況。

爸爸經過這些年的反省，察覺這個社會習慣讓人以職場上的卓越，或更直接一點說，以名利上的成就做為人生的目標，驅使人們投入畢生的精力去追求。但，工作上的卓越或名利上的成就不過是人生的一部分，那一部分突出的表現並不能保證人生圓滿幸福，換句話說，把名利雙收當成人生目標其實是不夠完整的，是偏狹的，只有錢的人生更是精神上的赤貧。

雖然爸爸是因為犯罪入獄，被迫過著幾近零物質滿足的生活，身上還背負著殺人的恥辱，律師資格更是被終生剝奪，我過去的卓越和名利都如夢一般消逝，人生悲慘到不能再慘的地步，然而以前籠罩著爸爸，讓爸爸看不清人生的雲霧也隨之消散。也許是身在人間地獄的陰陽交界處，遠離塵世反而更看得清塵世的種種。看到這裡，孩子，你是不是準備著要聆聽爸爸講出一篇人生哲學的大道理來？

沒有，完全沒有。爸爸想告訴你的是獄中生活的親身體驗。我不像其他受刑人自稱為不滿「族」，爸爸的獄中生活是三滿一管。所謂三滿，是親情、友情、學問三大滿足；一管則是欲望管理。這三滿一管構建出爸爸七年多牢獄生涯的經緯；而基督信仰在心中成為生命的核心，凡事思考著《聖經》的教誨。老實說，從精神層面來比較入獄前、後的生活，爸爸如今活得平安喜樂而踏實，完全擺脫入獄前的困窘和憂鬱。也就是說，爸爸在人人望而生畏、聞之色變的艱困環境中，竟然活得比當個月入百萬的名律師快樂。

孩子，爸爸想告訴你，月入百萬是好事，當名律師也沒有錯，錯的是我心中的人生內涵太過狹隘，以至於年少得志便目中無人、目空一切，陷入茫然的困境。親情、友情、愛情、學識、信仰都是幸福圓滿不可或缺的元素，有了這些將會為人生帶來勇氣、信心、希望和滿足。這也是爸爸能從挫敗中重新出發的能量來源。

你已經立定好人生目標了嗎？孩子，也許你可以再想想喔。

8/24

孩子：

來到武陵外役監將近一年又四個月，爸爸的心境改變很多。

雖說這裡是座監獄，但其實該說它是個國營的大農場。犯人在這裡過著日出而作、日落而息的農耕生活，既休養身心，也鍛鍊身體。

初到武陵，爸爸可以立即感受到它的美。它座落在花東縱谷的南端，行政區域屬於臺東縣鹿野鄉。被海岸山脈和中央山脈緊緊夾著，占地數百公頃的狹長地帶，全都是武陵外役監的範圍，其上種著咖啡、鳳梨、茶葉、樹豆，以及各式各樣的蔬菜水果，另外還蓄養了黑羽土雞、紅面番鴨與豬、羊等牲畜。

武陵最美的景致首推是山。爸爸睡覺的床鋪右側緊鄰一扇大窗，往外看便是交錯中的山脈，由近而遠，自低而高，層巒疊嶂，到最高處幾乎直插入天際，連山真如波濤翻騰，交錯恰似屏風九疊。但這裡的山如果只是這樣，那實在稱不上美。元曲大家張養浩云：「雲來山更佳，雲去山如畫。山因雲晦明，雲共山高下。」若他不是古人，我真懷疑張養浩筆下所指的地方是鹿野呢！巧合得可怕，這曲的下二句是：「倚杖立雲沙，回首看山家。野鹿眠山草，山猿戲野花。」野鹿，鹿野，是不是太巧了？孩子。

言歸正傳。武陵是個多雲霧的山區，或濃或淡的雲霧山嵐時刻妝點著雄巍的山勢，幻化出千變萬化的造型，時而神隱，時而婉約，濃妝有時，微抹有時，正如蘇軾詩云：「欲把西湖比西子，淡妝濃抹總相宜。」更奇幻的是，偶然一片濃雲飄過，掩蓋了山形，卻露出山頂飄浮在雲海之上，宛如古代傳說中的東海仙山，讓人幻想著山中美麗的仙子是否正衣袂翩翩地俯視著人間，尋找過往的情人……。

抱歉，孩子，如果你以為爸爸該說的都道盡了，那你得再花點時間，拿出耐性聽我說下去。

「爸，到底還有什麼，可以一次講完嗎？」好，好，你聽好了，女人的裝扮除了彩妝，還會有許多首飾珠寶等配件來搭配造型，武陵的群山亦復如此。除了雲霧，清晨時分的光影殘月，梅子黃時的淡雅細雨都是它的造型配件。你可曾見染上紅光的深綠，再搭上銀亮如勾的殘月，映在藍色基底的自然畫布上？你可曾見雄偉高壯的英雄為柔柔濛濛的春雨澆淋成繞指柔的小家碧玉？全都在這裡，在武陵。

單是千變萬化的山色，就讓人讚嘆不已，心曠神怡，迫不及待地想奔向田野，尋找隱藏在山林間千年的傳說——陶淵明辭官歸隱的祕密。爸爸相信這裡會被喚作武陵，肯定有人在此發現了五柳先生留下的密碼，指出寶藏地所在（註），於是我扛著鋤頭挖呀挖，拿著鐮刀割呀割，汗水溼了衣衫，日頭又乾了它，哪有寶藏啊！

夜裡爸爸躺在床上思考著明天該往哪邊挖，一時間輕風徐來，星波蕩漾，明月寂人，鳥鵲驚飛。肉體的疲憊帶來精神的鬆弛，我很快地進入夢境。孩子，你猜我在夢中遇見誰？是陶淵明，他還在拿著鋤頭挖呀挖耶！

註　陶淵明筆下的人間仙境桃花源，相傳位於武陵，即今湖南常德縣。作者猜測武陵外役監之名，源自其風景秀麗，宛如世外桃源，故以武陵稱之。

8/25

孩子：

《聖經》新約〈路加福音〉上有則故事，從爸爸第一次讀到它就深深被吸引，總是熱淚盈眶。今天早晨讀經又再一次捧讀那段經文，便下決定與你分享。

「有一個女人，患了十二年的血漏，在醫生手裡花盡了她一切，並沒有一人能醫好她。她來到耶穌背後，摸他的衣裳繸子，血漏立刻就止住了。耶穌說：『摸我的是誰？』眾人都不承認。彼得和同行的人都說：『夫子，眾人擁擁擠擠緊靠著你。』耶穌說：『總有人摸我，因為我覺得有能力從我身上出去。』那女人知道不能隱藏，就戰戰兢兢地來俯伏在耶穌腳前，把摸他的緣故和怎樣立刻得好了，當著眾人都說出來。耶穌對她說：『女兒，你的信救了你；平平安安地去吧！』」

孩子，《聖經》上有關耶穌替人治病的記載非常多，如讓瞎子開眼，啞巴出聲，聾子聽見，甚至是使人死裡復活，但絕大多數都是基於病患的懇求，而且治癒的過程皆是在眾目睽睽之下進行，不像這段描述，整個治療的經過是偷偷摸摸的，連耶穌也是感到有能力從自己身上出去，才曉得有人在暗處伸手摸他。這是因為在當時，血漏被視為一種不潔的婦女病，患病的婦女不願意讓自己的病況曝光而遭到眾人的鄙視和排斥。所以，在《聖經》這段故事中，那位患有血漏，且散盡家財的自卑女人，絕對沒有勇氣在人群中懇求耶穌為她醫病，那個舉動會令她無法再居住於格拉森這個小村落，她只能混在擁簇著耶穌的人群中，利用前擁後擠無人留意的機會，偷偷伸手去碰觸耶穌衣裳的繸子；她也同時相信，只要碰到他的衣裳繸子，血漏就能得到醫治。但她沒想到耶穌竟然察覺到自以為神不知鬼不覺的舉動，既已無可隱藏，她選擇勇敢地站出來面對群眾，同時宣告自己的信仰。

這段《聖經》故事的核心價值在於，一個活在恐懼自卑中多年的女人，因為得著主耶穌醫治的恩賜，也同時得著生命的勇氣，克服自卑站在人群面前宣告自己信仰的信心與經歷到的神蹟。

孩子，你有沒有察覺到爸爸好似這位罹患血漏十二年的婦人？血漏在當時是不潔的疾病，爸爸犯罪殺人於現今也是羞恥的象徵；婦人患病十二年，如此巧合地，爸爸因罪判刑十二年。那你該猜到我為何有勇氣一再地面對媒體，侃侃而談自己過去犯下的錯誤，宣告自己因信仰而得拯救的經過。黃明鎮牧師第一次到看守所探望我，便因著上帝的大能，轉達我的罪已被基督寶血洗淨，已被耶穌饒恕的恩典，這就是爸爸不懼排斥，不計羞恥，站出來誠誠懇懇認錯懺悔的勇氣來源。

也正因為爸爸願意面對大眾，誠心悔過，我的心中再無隱藏醜事，我的背後再無掩蓋的祕密，我毋庸再背負未見光的罪孽或惡行，走完人生的未竟之途，我將會有來自神的喜樂平安跟隨。寶貝，挫折本身並不會讓人成長，失敗後的勇敢面對，誠懇反省，用心改變，才是造就重生的關鍵，爸爸很幸運，因為信仰，人生的「血漏」得到醫治。

「真正的勇者是可以面對自己慘淡的人生，正視鮮血淋漓的傷痛。」讓我們用這句話互相勉勵！

我愛你，晚安。

8/29

孩子：

八月二十五日夜裡爸爸的右手突然無法動彈，後來雖漸漸恢復活動力，然而到了今天仍是痠軟無力，提筆寫字相當辛苦。一連停筆數日，實在是那幾天根本無法握筆，今晚收封回到明德莊，拿筆試寫幾個字，情況有所改善，便再也熬不住對你的思念，寫信給你報個平安，順便聊聊。

右手出大狀況的隔日早晨，爸爸立刻打報告申請就醫，獄方也迅速安排當天下午看家醫科。未料，看門診時惹了一肚子氣不打緊，醫師也未開藥給我做症狀處理，讓我迄今還靠著身體的自癒功能一點一滴地恢復活動力，心裡恨得牙癢癢的。

武陵外役監的醫療服務是由慈濟醫院關山分院支援人力，一週提供二或三次門診。爸爸看病那天是禮拜二下午家醫科，醫生是一位非常年輕的女孩，肯定未逾三十歲，該是醫學系剛畢業的新手，看診中會擺一本藥典在桌上，開藥時經常翻查，令人印象深刻。

當日爸爸坐進診間向醫生說明病況，並表示自己多年前就已確診有頸椎椎間盤突出的情形，她便用一副十分篤定的口吻說：「你這個毛病總是一陣一陣的，以前你也來看過類似症狀，在這裡只能吃藥控制，我已經告訴過你了。」由於這一次情況嚴重，爸爸擔心頸椎有更嚴重的病變，就醫前便打定主意要爭取外醫，遂向醫生表達想法。沒想到她聽到我想外出就診，似乎生氣起來，高分貝地提醒爸爸，以犯人的身分，不可能採取復健或開刀的醫療手段，只能認命地吃藥；更離譜的，她竟質問起我上次門診提到手麻，也沒吃藥，不也自己好了嗎？

爸爸為了避免被誤認為與醫護人員爭吵，違反監規，忍著性子告訴醫生，她的工作是看診，提出治療方式，在監獄能否採行，是監方長官的權責，上次的手麻從來沒好過，是她自己叫我多忍耐，我就忍到今天。爸爸溫和地拿出律師的毒舌回應，醫師啞口無言，十分不情願地為我開立外醫證明，畢竟爸爸的情況是符合外醫的條件。

回到明德莊，收封後陸續有人前來關心病情，爸爸憋了一下午，劈里啪啦地說了許多對那位女醫生的抱怨。有趣的事發生了。來關心的人中，竟有不少人和我有類似的抱怨，不是想去外醫去不成，便是想拿什麼藥她不肯給，聽完我的抱怨便忍不住跟著批評起那位女醫師問診的態度。更有人告訴爸爸，那位女醫師不但曾拒絕他外醫的請求，更質問說：「你不相信我的醫術嗎？」不過，當我聽到這句話，嘴巴雖仍附和著說：「幹！好爛。」但心裡有些明白了，所以口中的那一聲「幹」字，語調不再那麼篤定。

孩子，記得二十年前爸爸剛開始執行律師業務時，也常對客戶說：「你不相信我的專業嗎？」依稀是在和客戶討論案情時，有些客戶會有自己的想法要如何處理問題，若那些想法與我的專業判斷不同，我便會向客戶說明自己的見解。曾經碰過不少客戶十分堅持自己的立場，縱使聽完我的說明依舊要求律師按照他的想法辦理，我便會立即產生一種不被尊重的情緒，衝口而出：「你不相信我的專業嗎？」把場面弄得很僵。後來，隨著業務逐漸邁向專業化，非保險的案件不多，非企業的客戶減少，這種尷尬的狀況便不曾再有了。

寫到此，想到人的思想真的很偏執，幾乎是換一個立場就換一顆腦袋，當爸爸是執業律師時，最討厭不尊重專業的客戶，如今當起病人，卻咒罵醫生不尊重病患的想法；而且可怕的是既使身處在這種身分的轉換中，也完全不曾察覺自己的想法已悄悄地改變了，一味地只想滿足眼下的需要。論得透澈些，在這偏鄉一隅，最希望爸爸從病中康復的人，除了我自己，就該是那位女醫生了，甚至她更急著想治好我的病痛，來證明自己的醫術到家。兩個應該會有共識的人，卻為了這個共識該如何去實踐幾乎弄得不歡而散。

孩子，你看到了嗎？站在對方的立場設想，良性的溝通才可能展開。這回手疾爸爸在看病前早有自己的想法，完完全全地忽略看診醫生的工作尊嚴，只想叫她替我開張外醫證明，也難怪醫生會生氣不想開立，甚至連應該開給我吃的藥都忘了開。那位醫生不想為爸爸治病嗎？不，絕對不是這樣，是她感覺到不被尊重，專業受到質疑，才會和我槓上。若爸爸能先接受醫生用藥的建議，接著再討論更進一步仔細檢查的可能性，場面一定大不相同。

名作家高陽在其小說《胡雪巖》中，多次提及胡雪巖一生當中非常重要的處世原則：前半夜想想自己，後半夜想想別人。說的不就是凡事應設想並尊重別人的立場嗎？送給你細細品嚼。晚安了，寶貝。

8/31

孩子：

週日，現在是早上十點鐘，爸爸因為手疾請假休息，沒有隨畜牧組出工。

看這個字形你該知道，爸爸的右手似乎恢復得還不錯。

剛剛躺在鋪上睡了一會兒回籠覺，醒來才睜眼，就見到窗外的藍天純淨地毫無瑕疵，完全地水嫩澄澈，彷彿風一吹就會蕩漾起來。我竟捨不得起身，就順著醒來的姿勢側躺著，容任自己的雙眼呆滯，放縱腦海中的意識流動，不停播放並切換記憶，一段段片段的時光倒帶重映，思緒也跟著凌亂起來。最終，心幕上播映出埔里的藍天與青山時，爸爸按下暫停鍵將畫面定住，就在臺灣地理中心碑旁，縱使我已七年半沒回去，還是很快地找著它。

那是我們的老家，你兒時爸爸常帶你回去的地方，也許你還有印象。我要參加大學聯考前夕，就是民國七十四年六月，全家從在西安路上租賃的房子搬了進去。才住二個月，大學聯考就放榜，爸爸考上東吳大學法律系，便央求你爺爺准許我可以休學一年，理由不是要重考，而是想待在家裡陪伴奶奶和他。當時爸爸的心裡很明白，自己已經長大，離家也將會越來越遠，在振翅高飛之前，休學賦閒在家，是人生中對家的眷戀，也是對父母的感激。不過很可惜，經歷過烽火戰亂、離鄉背井的爺爺立刻拒絕了我的提議。他的理由很簡短：長大了，就是該飛，不必掛念太多。於是，我聽話地揮動翅膀，飛遠了……。

民國八十八年，我們有了自己的家。爸爸買下河南路上的公寓，帶著你母親和二歲的你搬了進去，爺爺奶奶也常來住。從此，我們有了二個家，二間房子都是家，你對家的感覺和記憶也該是打從那時候開始，我總愛載著你臺中埔里二邊跑來跑去。九二一大地震之後，爸爸央求爺爺奶奶搬到臺中來，一家人守著，不要再兩地分離。不過很可惜，看透生命無常、從容以對的爺爺又立刻拒絕了我的提議。他的理由依舊簡短：老家要有人守著，那是你和你哥哥的根。於是，我聽話地送兩老回埔里，回老家，死守著……。

不到十年，爸爸迷失了人生的方向，陷入塵世欲望的大漩渦，精神極度躁動憂鬱。當時爺爺已經搬到埔里鯉魚潭長眠，老家只剩奶奶和管家秀蘭阿姨；臺中的家也只剩你和你母親，我已不常回去。某個八月的午後三點，爸爸瘋狂地殺了人，監獄意外地成了我的家。奶奶辭退秀蘭阿姨，鎖上老家的大門，一個人遠走他鄉；你母親同意把臺中的家拿去賠償死者家屬，收拾完東西鎖上家門，帶著你避走遠方。從此我們都沒了家。奶奶每回一個人搭車到監獄探望我，都不會忘記叮囑爸爸：「我等你出來帶我回老家。」於是，我聽話地不再想著自殺，勇敢地呼吸，想著家……。

一晃七年飛逝，監獄真的變成爸爸的家，因為我的夢境已經沒有其他。聽說你母親帶你回到臺中租間公寓權充是個家，外婆常去陪伴你們；奶奶住在你大伯那裡，時時刻刻仍是念著埔里的老家。爸爸現今已取得假釋的資格，每四個月也向長官報告一次：「我想回家。」

明年你就要上大學了，不必擔心你母親，爸爸再不多久就帶奶奶回老家，也會幫忙看顧你母親。你只管振翅高飛，早日成個家，接你母親過去奉養，這才像個家。

至於爸爸，嗯……我想替你守著老根，好讓你可以告訴我的孫子：我們有個老家……

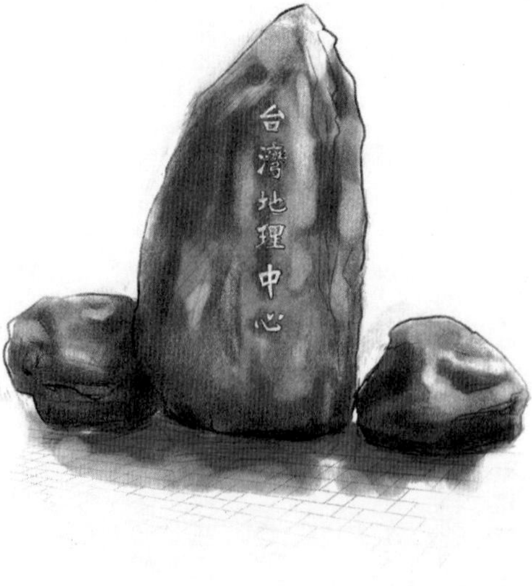

9/1

孩子：

爸爸組裡前些日子從新收組調來一位新人，就睡在我旁邊。為了他，爸爸還把置物架騰空讓他使用，你該還記得吧！昨夜熄燈後，我見他還在微弱的燈光下埋頭寫信，心想他可能在趕信期；今早用完餐，爸爸發現他又伏在置物箱上寫信，便猜想他可能遇上困擾，一封信這麼日夜折騰地寫，都不知塗改多少回了。於是，在他停筆準備出工的空檔，爸爸忍不住開口關心他的情緒。

起先他只是生硬地擠出笑容說：「沒事。」不過往下多聊二句，那位新人心中的苦水便傾瀉而下，如江河潰堤般沖破心防，激動地道出他的情愛糾纏。

這段故事有點複雜，可是沒有得到本人的同意，爸爸不能隨便亂說，大致上他的情況是這樣：他服刑三年左右，約莫再一年便可獲得假釋，但一路陪伴支持的妻子卻於半年前要求離婚。在她堅持下，那位新人簽下離婚協議書，可是他一直不明白，為何妻子不能再等他回家。過二個禮拜是他第一次外役監放假，他想寫信約她屆時見面講清楚。

不曉得你有沒有失戀過？爸爸在四十歲以前雖然走過一段又一段情感之路，卻沒有經歷用心愛過後的被拋棄，頭一回面對便出了大亂子。我在不斷追逐、尋求、甚至是掠奪愛情的過程中，嚴重物化感情的對象，從神聖潔淨到金錢化的進程裡，並沒有花太多時間去思考對錯。在與被害人的交往過程中，我相當受挫，也加速了我將抽象的愛情量化，試圖從他人身上得到印證與補償，甚至是取代她在我心中的位置。於是，我開始流連於酒店之間，用金錢去買，買肉體，買感覺，也買醉。那時候我到底在幹甚麼？也許只是害怕面對自己的空虛吧！胡亂買些什麼塞進空白的生命裡頭。

當年精神科醫師建議我，既然在服用藥物控制情緒與改善睡眠，就不應該碰觸酒精類的飲料。可是我的心靈一直處在迷失的狀態中，找不著生命的意義和價值，事業的成功並無法帶給我長久滿足的快樂，追逐愛情又讓我陷入矛盾的漩渦，藥物能提供的改善已經不再作用時，我向酒精靠攏了。它提供我迅速的心神麻醉，享受瞬間的快樂，但酒醒後的茫然與沮喪也如大漠的風沙，瞬間就讓我沒頂。我不但夜裡飲酒，最後連上班時也喝，沒有酒，我不知道日子該怎麼過下去了。案發當天中午，我喝了半瓶五十八度的高粱，下午三點半左右就闖下大禍了。

如今聽新人道出他的悲傷，我幾乎是感同身受，他心中每一次抽痛，我都懂，都明白。有人說失戀的心痛與截肢者的幻痛相似度極高。「幻痛」是截肢者常遇到的問題，原本處理疼痛感的脊椎神經元被「縮編」後，變得無事可做。為了假裝忙碌，這些神經元還是不斷將假訊號傳到大腦疼痛中心，讓人產生疼痛感。孩子，失戀後的心痛真像是一種幻覺，肉體本是完好如初，心卻硬似被利刃刺穿，痛苦難捱。爸爸猜想那是諸多負面情緒，例如沮喪、空虛、焦慮、自卑、恐慌、憤恨等等同時發生，所造成的生理上的「幻痛」。

人生病的時候會打針吃藥想去除病痛，面臨失戀的「幻痛」，人也會有相同的反應——想盡辦法去挽回對方，一旦成功找回幾乎已然失去的愛，失戀所造成的一切身心症狀都可不藥而癒。睡在爸爸身邊的新鄰居也正打著這個主意。可是，當相愛多時的戀人說出生命中不再需要對方陪伴時，不管是什麼原因，大多都經歷了長期的醞釀；然而相對地，挽回則是源自於一時的衝動情緒，能深思熟慮的實在不多。說到這裡，孩子，你看出一些端倪了嗎？

沒錯，你一定察覺到了，用一時性的衝動情緒想要去解決長期累積的不滿，可能嗎？若是不可能，那麼挽回也就不是挽回了。於挽回的同時如不能意識到兩人關係出現危機的真正問題所在，每一次的挽回都只是為下一次的破裂積蓄更強大的能量，給彼此帶來更深的傷痛。寶貝，我曉得人在面對情感問題時，往往是感性大於理性，但唯有讓理性在情感世界中抬頭，情傷才能得到正確的處理。

面對愛人遠去，爸爸心裡另有個想法，利用這個機會也說給你聽。交往中的情侶有一方向另一方表達分手之意，不論出自什麼原因，基於什麼心態，這段愛情在提出要求的那一方心中已經出現瑕疵，和天雷地火相互輝映的甜蜜期相比，已不再是那麼無可退讓地想愛到底，此時，與其用力地挽回，倒不如承認失敗，這對另一方而言，可能更容易走出情感的困境。

就在轉身離去的下一秒鐘起，他（或她）已經由脆弱傷感一步步走向堅強自信。也許，每一步都走得心疼不已，更可能，每一步的呼吸都窘迫急促，但能肯定的是，這每一步都會是成長，學習放下，學習祝福，學習認識不完美的自己，更學習承認失敗。要不了多久，他（或她）便會慶幸自己沒有去挽回一個已經不再愛自己的人。

男女相互吸引結合成為一體，這是神造人的計畫，當祂安排讓人失去一段感情，必會再賜給那人一段更美好的戀愛。趕緊把自己從情感的灰燼中打理好，孤獨清冷的夜才會再次變得熱情浪漫起來，才適合有情的人攜手望月。

在結束和新人的談話前，我是這樣告訴他的：「我知道你很痛，但我更肯定你妻子已不再愛你。勇敢接受這段慘澹的婚姻是如此悲愴地畫上句點，誠懇地祝福她的未來，唯有這樣你才可以為下一段戀情的完全付出找到理由。今晚我會為你的平安禱告。」

晚安囉！明天見，我的好孩子。

9/6

孩子：

今天是中秋節假期的第一天，外役監也跟著放四天假，整個二區走掉三分之二，偌大的寢室只剩稀稀落落的二、三十人，和平日八十餘人的熱鬧場面相比，顯得格外冷清，思鄉的心情也因此油然而生。

不過，昨天畜牧場倒是挺熱鬧的。

畜牧場有個大豬舍，裡頭養了十八頭大肥豬，前幾天賣掉了其中十二隻，昨天買家來外役監抓豬了。抓豬不是件容易的事，想要把百來斤的大豬從豬圈趕到卡車上，不但需要四、五個年輕力壯的組員合作，還得要有方法。豬的蠻力相當驚人，牠要是發狂扭動起來，四、五個人都拉不住。要豬乖乖聽話上車，得先用布袋將豬頭套住，然後屁股朝前倒著走，牠才願意安靜下來任人擺布。爸爸因為右手麻痺的問題尚未痊癒，這場人豬大戰就只能混在人群中當著觀眾，心裡有點惋惜。

不必懷疑，你沒看錯，我確實混在「人群」中。這回買豬的人是附近原住民部落的一戶人家，過二天要嫁女兒，便買下十二頭大豬，準備大肆慶祝一番。昨天到外役監抓豬，爸爸雖沒仔細算，至少十部車以上跑不掉，男男女女、老老少少，恐怕四隻手都數不完。只是男的在卡車旁接應豬隻，女的雙手交叉胸前指揮若定（原住民是母系社會），其他人坐在地上專注地看著肥大的豬一隻隻被趕上車，開始眉飛色舞地品頭論足起來，現場的氣氛充滿著婚禮即將到來的愉悅，好不熱鬧！連爸爸都感染了歡樂的情緒，於每一頭豬趕上車時，與他們一同歡呼叫好。

回到明德莊，夜裡和一位當地人聊起下午歡快的那一幕，他告訴我，原住民的樂天知命是天性。不像我們總是為了將來打算，努力勤奮地工作、賺錢、儲蓄，視名利為人生追求的目標，他們永遠都是活在當下，只為今天工作賺錢，沒有錢也不擔憂，夜來扛起獵槍上山打獵，天明時分便有一天豐盛的食物，肩上背著山豬，手裡捧著野菜，喝山中的泉水，聽大自然的聲音。我那位朋友還說，原住民不分男女都愛飲酒唱歌，平均壽命不免較短，可是日子過得比我們快活許多。對他們來說，不知是幸或是不幸？

爸爸不知道該如何回答這個問題，但這個問題使我想起《聖經》上的一段話：「不要為生命憂慮吃什麼、喝什麼；為身體憂慮穿什麼。生命不勝於飲食嗎？身體不勝於衣裳嗎？你們看那天上的飛鳥，也不種、也不收，也不積蓄在倉裡，你們的天父尚且養活牠。你們不比飛鳥貴重得多嗎？你們哪一個能用思慮使壽數多加一刻呢？」我想原住民不僅比我們接近大自然，也比我們更靠近上帝。

孩子，對他們來說，你認為是幸或是不幸呢？

晚安，我的寶貝。愛你唷。

View 030

孩子，你還會愛我嗎？——寄不出的40封信

作　者——劉北元
主　編——李國祥
董事長——趙政岷
總編輯——李采洪
出版者——時報文化出版企業股份有限公司
108019臺北市和平西路三段二四〇號三樓
發行專線：02-25306-6842
讀者服務專線：0800-231-705・02-2304-7103
讀者服務傳真：02-2304-6858
郵撥：19344724 時報文化出版公司
信箱：10899臺北華江橋郵局第九九信箱
時報悅讀網——http://www.readingtimes.com.tw
電子郵件信箱——genre@readingtimes.com.tw
法律顧問——理律法律事務所　陳長文律師、李念祖律師
印　刷——勁達印刷有限公司
初版一刷——二〇一五年五月十五日
初版七刷——二〇二一年十月二十五日
定　價——新臺幣二五〇元

時報文化出版公司成立於一九七五年，
並於一九九九年股票上櫃公開發行，於二〇〇八年脫離中時集團非屬旺中，
以「尊重智慧與創意的文化事業」為信念。

孩子，你還會愛我嗎？: 寄不出的40封信 / 劉北元著.
-- 初版. -- 臺北市 : 時報文化, 2015.05
面；　公分. -- (View ; 31)

SBN 978-957-13-6273-1(平裝)

856.286　　104007309

ISBN 978-957-13-6273-1
Printed in Taiwan